Conan Barbaren:
Anden Del

Erika Sanders

Serie
Conan Barbaren bind 5 til 8

Forsidebillede: @katalinks, 2023

Første udgave: 2023

Synopsis

Mød kvinderne i Conans liv, som du aldrig har fået at vide før...

Efter nye eventyr og nye triumfer vender Conan og hans gruppe tilbage til byen, hvor deres hjem er nu, Tarantia.

Vil tilbagevenden få dig til at savne eventyrene? Eller bliver det bedre end forventet?

Denne publikation indeholder bind 5 til 8:

5 - Yasimina

6 - Zula

7 - Cassandra

8 - Adriana

Ny serie baseret på Robert E. Howards værker.

(Alle karakterer er 18 år eller ældre)

Bemærkning om forfatter:

Erika Sanders er en kendt international forfatter, oversat til mere end tyve sprog, som signerer sine mest erotiske skrifter, langt fra sin sædvanlige prosa, med sit pigenavn.

Indeks:

CONAN BARBAREN
ANDEN DEL
ERIKA SANDERS

KAPITEL V
YASIMINA

Butikken var moderat stor, men stadig domineret af mange af de øvrige bygninger i kvarteret.

Spirene og kuplerne fra nærliggende templer tårnede sig op over de nærliggende tage, hvilket gav dette kvarter dets særpræg.

Selv gaderne var forholdsvis stille, i hvert fald når gudstjenesterne ikke startede eller sluttede.

Selv om denne bygning var bedre end mange andre i byen, virkede den næsten ubestemmelig her, dens glatte stenvægge og dekorative skilt var ikke mere imponerende end mange andre på gaden.

Conan og Yasimina var her for at fylde op med forsyninger inden deres næste indtog i ørkenen.

Det hastede ikke så meget, da de ikke havde planer om at gå ud igen i mindst et par måneder, men man vidste aldrig, hvornår forsyningerne ville komme til nytte, selv her i byen.

Butikken, selvfølgelig, givet kvarteret, specialiserede sig i religiøse varer.

Dette var primært Lady Yasiminas ekspertise, men det var stadig nyttigt at have et andet medlem af partiet til stede.

Faktisk, selv om han havde været forbi butikken før, ved tidligere besøg ved denne lejlighed, havde han aldrig været inde.

Yasimina, så det ud til, var en stamgæst, så det gav helt klart mening for ham at lade damen tale.

Indenfor virkede butikken lidt mindre iøjnefaldende, end den var på gaden.

En række hellige symboler dekorerede væggene, og den lange disk rummede en række forskellige ting, hvilket fik stedet til at ligne en antikvitetsbutik som noget andet.

Der var bedehjul, røgelsesholdere, dekorerede krukker og et par ting, hvis funktion Conan kun kunne gætte sig til.

Han mente åbenbart, at han ikke havde deltaget i en bred vifte af gudstjenester.

Han kunne i det mindste genkende de fleste af symbolerne på væggen...

Manden bag disken var midaldrende og godt klædt i en marineblå kjortel.

Hun hilste på Yasimina, som om hun var en gammel ven, og sagde så gennem bagdøren til værelset, at de havde klienter; tilsyneladende havde han en ekspedient, der arbejdede bagerst.

"Hvad kan jeg gøre for dig i dag, min dame?" spurgte han og vendte sig mod damen.

"Jeg ledte efter noget helligt vand," svarede hun, "vi brugte hele vores forsyning på den sidste tur, og vi får brug for nogle flere. Og nogle af dine helbredende eliksirer, selvfølgelig."

"Så..." sagde butiksejeren, men Conans opmærksomhed blev distraheret fra den næste del af samtalen, da butiksassistenten ankom.

At det ikke var ham men hende.

Hun var en ung kvinde, måske kræmmerens datter, sandsynligvis ikke ældre end seksten eller sytten.

Hendes sorte hår var trukket tilbage i en hestehale med en simpel sølvspænde, og hendes livlige grønne øjne bevægede sig mellem de to kunder; Conan følte, at han blev dvælet længere, men måske kun fordi han var en ny gæst.

Hendes teint var blød og blegere end købmandens, med store røde læber og en meget sensuel mund.

Uden nogen skam og ignorerer den religiøse atmosfære, som butikken skulle have skabt, strejfede krigerens øjne hen over den unge kvindes krop og vurderede hendes figur.

Hun var iført en mørkegrøn kjole, halsudskæringen skåret ud lige under halsen og ærmerne lange ved håndleddene; Skranken skjulte hendes nederdele, men han troede, de ville være lange og uafslørende.

På trods af det kunne kjolen dog ikke skjule formen på hendes krop.

Hun havde en smal talje, et skærf bundet om sig med symbolet på hjertegudinden, og hendes arme var lige så tynde.

Men hvor tøjet hovedsageligt havde fejlet, var at skjule formen på hendes bryster.

De var høje og faste, store i forhold til hans taljebredde; kun løsere, løsere tøj kunne have skjult det faktum.

Alt i alt, følte Conan, spildte hun sig selv på religion, og han ville meget hellere have set hende i noget lidt mere afslørende.

Han vendte sin opmærksomhed tilbage mod sagen.

Butiksejeren var ved at forberede en række flasker, og han og Yasimina diskuterede priserne på forskellige muligheder.

Så vidt han vidste, ville damen ikke have nogen problemer med at erhverve helligt vand velsignet af præsterne i Ymir, hendes yndlingsgud, og guden for ære og krigsdyd, i templet.

Men nogle gange var en række forskellige alternativer nyttige, og helbredende eliksirer skulle altid overvejes sammen med alle andre elementer af religion, der måtte være.

Der var trods alt flere guder, og han mente, at det var klogt at holde alle tilfredse, når det var muligt.

Men selvom helbredende eliksir bestemt var af interesse, måtte han indrømme, at kun to af guderne kunne hævde at modtage bønner eller offergaver fra ham... det var Crom i kamp, og kun Muriela, kærlighedens gudinde, var sandsynligvis den ene ... det ville gøre ham virkelig tilfreds i fred.

En tanke slog ham pludselig, og da han så, at købmanden havde travlt, vendte han sig mod assistenten.

"Jeg spekulerer på, om du har nogle små hellige symboler," spurgte han hende, "måske en slags vedhæng, ikke specielt et af de store. Noget bare dekorativt?"

"Selvfølgelig," svarede hun, "vi har en bred vifte af religiøse smykker."

"Hvad med en til gudinden Muriela?"

Hun var et højt æret medlem af gudernes pantheon; Hun blev trods alt høfligt behandlet af de andre tindinger, selvom de nogle gange holdt sig på afstand.

Kærlighed var en vigtig og positiv del af verden, en essentiel kraft i universet, noget de andre guder ikke ville og kunne fornægte.

Selvom jeg havde mistanke om, at det hovedsageligt var præsterne i nogle af de mere religiøse templer, der var lidt på vagt over for dets fysiske implikationer, selv disse roste begreber som romantik og ægteskab.

Den lille piges øjne udvidede sig lidt, men hendes mund vred sig lidt til et smil.

Han havde i hvert fald ikke fornærmet hende.

"Ja, det gør vi," sagde han, "jeg kan få noget fra lageret, hvis du vil."

Han vendte sig om, standsede så, som om han overvejede noget, og vendte sig så om.

"Faktisk kunne det være nemmere, hvis du kom med mig, og du kan vælge noget."

Han bemærkede en let rødmen på hendes kinder og spekulerede på, hvad det betød.

Måske var hun bare lidt flov over mindet om den særlige guddom... eller måske var det noget mere.

"Hvorfor ikke?" Han fortalte hende og kiggede mod Lady Yasimina.

Hun havde åbenbart overhørt noget af samtalen og nikkede, før hun vendte sig mod rækken af flasker foran hende.

Han foretrak at tro, at han så et underholdt, overbærende smil på hendes ansigt, mens han gjorde det.

Han kunne ikke være sikker på hvorfor, da der ikke var meget, der kunne ske på den korte tid, de sandsynligvis ville være i butikken endsige i en butik af denne type.

"Jeg er forresten Jehnna," sagde assistenten, da hun viste ham bagsiden af butikken, "og du er den?"

"Conan. Jeg er en kriger."

"Det forklarer, hvorfor jeg ikke har set dig før. Du bruger mere tid i gladiatorkvarteret, kan jeg godt forstå?"

"Ja, det tror jeg nok," indrømmede han. Faktisk havde han været der i går og besøgt sine kampfæller og deres træningsanlæg. "Er det så en familievirksomhed?"

"Nej, Dellos er bare en ven af min far, men jeg har arbejdet her i næsten to år. Jeg bor stadig med min familie, men de er væk lige nu, så jeg har huset for mig selv."

Han nikkede, ved ikke hvad han skulle sige til det.

Han gik lige bag hende og bemærkede den behagelige kurve af hendes hofter.

Som han havde forventet, var hendes nederdel lang, forneden lige over hendes ankler, og hendes bløde læderstøvler skjulte endda hendes hud.

Alligevel var formen på hendes krop attraktiv, og han måtte tvangsvende tilbage til købet.

Jehnna nåede frem til en forstærket dør bagerst i værkstedet og åbnede den og afslørede et smalt opbevaringsrum bagved.

Rummet var lavet af sten, ligesom resten af bygningen, omkranset af træhylder på den ene side, der nåede til loftet.

Hylderne var stablet med kasser og diverse ting, og ragede nok ud til at efterlade lidt plads mellem dem og bagvæggen.

"Lad mig tænke..." sagde hun, "jeg tror, de er på en af de øverste hylder."

Han klatrede op på en stige, der bevægede sig i løbere langs hylderne og løftede et ben på et af trinene.

Mens hun gjorde det, rejste hendes nederdel sig, og hun, tilsyneladende distraheret, hægtede den yderligere for at frigøre hendes bevægelse.

Hun gled tilbage over sit hævede knæ og afslørede, at hendes støvler var læglange, men viste også noget bar hud fra hendes knæ og underlår.

Hendes ben var slanke og velformede, ligesom resten af hendes krop, huden bleg, bortset fra en lille muldvarp, han nu kunne se på hendes inderlår.

Conan slugte, men denne gang så han ikke væk.

"Ser du noget, du kan lide?" Hun spurgte, og nu var han næsten sikker på, at hun lavede sjov, da hun endnu ikke havde vist ham nogen smykker.

"Måske," sagde han uforpligtende.

Måske hvis Jehnna ikke var så religiøst engageret, som hendes forældre tilsyneladende troede... kunne dette være interessant.

"Jeg ved ikke meget om Muriela," sagde hun og søgte tilsyneladende stadig gennem boksene, "hvad laver du til dine gudstjenester?"

Hun modstod fristelsen til at svare, at det ikke var, hvad hun kunne tænke sig.

"Det er egentlig ikke så forskelligt fra de andre guddomme," sagde han, "vi takker for gudindens generøsitet, vi ofrer for smukke ting. De passerer rosenvand til rensning, den slags."

Selvfølgelig kan de sociale sammenkomster, der nogle gange følger gudstjenesterne, være en anden sag, tænkte han tavst, mens hans øjne stadig tog form af hendes ben og krop.

"Du tror på kærlighed til alle, gør du ikke? Det er lidt mærkeligt for en eventyrer...eller er du ikke sammen med Lady Yasimina?"

"Gudinden lærer, at kærlighed er båndet, der holder universet sammen, ja. Og Lady Yasimina er en kollega af mig, men hun er ikke en tilbeder. Det går vist ikke godt med at være en dame. Damer elsker Power of Good, og de har en kærlighed til deres samfund, men de kanaliserer det i andre retninger end Murielas tilhængere."

Han svarede ikke på hendes andet spørgsmål; Sandheden var, at det var en del af hans identitet, ikke i modstrid med hans eventyrlige karriere, men det hjalp ham heller ikke ret meget i det aspekt.

Han havde ikke de pacifistiske tilbøjeligheder, der var nødvendige for at slutte sig til gudindens præstedømme.

"Og hvilke adresser er det?" spurgte hun, mens hun samlede en kasse op fra en af de højere hylder og gik tilbage til gulvet, mens hendes nederdel faldt om hendes ankler igen, mens hun gjorde det.

Conan svarede ikke med det samme og tænkte på, hvordan han skulle formulere sit svar.

Flirtede hun med ham, eller var spørgsmålene virkelig uskyldige?

Hvis det, som det forekom sandsynligt, virkelig var førstnævnte, hvor kraftigt havde han så råd til sit svar?

Heldigvis var der mange aspekter af gudinden.

"Vi tror først og fremmest på romantisk kærlighed. Vi fremmer selvfølgelig ægteskabet, så længe det er for kærlighed, ikke for penge eller sociale fremskridt. Men vi søger ikke at begrænse kærligheden mellem mennesker, og der kan være mange måder for at opnå dette ved at besvare dit spørgsmål ".

Han spredte æsken og åbnede den for at afsløre en række små vedhæng, amuletter og armbånd, alle dekoreret med gudindens symbol.

De fleste af dem var tydeligvis beregnet til kvinder, til at blive brugt som smykker, men han valgte hurtigt et lille stykke sølv på en fin kæde.

Mens han holdt det, tilføjede han en sidste kommentar, hvis hun fik den forkerte idé.

"Gensidigt samtykke er selvfølgelig kernen i alt, hvad vi gør. Uden det er det ikke kærlighed."

Han stillede kassen på et frit sted på en af de nederste hylder.

"Selvfølgelig," sagde hun med et lille smil.

Hun gik forbi ham, på vej mod døren.

I det trange rum strøg hendes hofter mod hans krop, og så stoppede hun og vendte sig for at se på ham.

Hendes bryster pressede mod hans bryst; Selv i et så trangt lager havde han mistanke om, at hun gjorde det mere end strengt nødvendigt.

Flytningen var bestemt ikke tilfældig.

"Du burde fortælle mig mere," sagde hun med hendes ansigt tommer fra hans, rubinrøde læber, der indbød til et kys. "Men ikke nu, din ven venter. Måske kan du komme hjem til mig i aften."

Hun gav ham sin adresse, og Conan sagde ja til at komme.

Dette havde været en overraskende og meget behagelig begivenhed...

***

Da hun åbnede døren for hans bank, var hun stadig klædt i det samme tøj som i butikken.

Denne gang lod han ikke, som om han ikke holdt øjnene på hendes figur.

Der var ingen tvivl om, at hun var smuk, og selv i lyset fra lampen inde i huset, kunne han se, at hun var blussende, med en rødrød rødme på kinderne.

Hun virkede næsten nervøs, og han spekulerede på, om hun havde gjort noget lignende før.

Måske ikke; Hun havde sagt, at hendes forældre var langt væk, så måske havde hun sjældent en mulighed som denne.

Det var usandsynligt, at det ofte dukkede op, hvor hun arbejdede, og hun var en meget ung kvinde.

Nok ikke jomfru, så dristig som hun efterhånden havde været, men heller ikke særlig erfaren i sådanne sager.

Hun var trods alt stadig klædt kyskt.

"Kom ind," hviskede han og så sig omkring for at sikre sig, at ingen andre kunne se dem.

Han kom hurtigt ind, og hun lukkede døren efter sig, lænede sig op ad den, og hendes øjne strejfede nu hen over hendes egen krop.

"Muriela tror på fri kærlighed, gør hun ikke?"

Conan smilede.

"Jeg tror, du er godt klar over det. Mange foretrækker at indgå et kompromis, men indtil videre har det ikke været min måde. Så Jehnna..." sagde han uden at skjule, at han så hendes bryster stige og falde under kjolen, "Hvilke særlige aspekter af teologien vil du gerne diskutere?"

"Nogle af dine... religiøse handlinger er ret fysiske, efter hvad jeg hører," sagde han og hans stemme blev hæs. "For at opleve mere af pantheonet, synes jeg, jeg virkelig burde prøve nogle af dem. Ishtar, hjertets gudinde er meget vigtig for mig, men alle guderne er beslægtede, og man skal tilbede de andre fra tid til anden. , tror du ikke?"

"Det er sandt," indrømmede han, "og Muriela er trods alt Ishtars datter. Hvad angår fysiske hengivne handlinger, er de ikke en del af religiøse tjenester som sådan. Men de er stadig en tilbedelseshandling, og nu føler jeg det. i humør til gudstjeneste i aften. Hvad med dig?

Han bevægede sig mod hende, og hun trådte direkte ind i hans arme.

"Ja, tilbedelse er godt," sukkede han, "intens, fysisk, tilbedelse."

Han krammede hende og kyssede hendes røde læber og mærkede hendes tunge glide forbi hans.

Hendes læber var store, fyldige og sensuelle, og hendes kys var lidenskabeligt, selvom hun ikke så ud til at have megen øvelse.

Absolut ikke jomfru, besluttede han, men nok relativt uerfaren.

Men han var overbevist om, at det ikke længere ville være tilfældet, når natten var omme.

Hun trak sig tilbage fra hans mund og trak vejret tungt.

Hendes bryster blev presset mod hans bryst, og hans arme var allerede viklet om hendes slanke talje, mens hun slog armene om hans hals.

Han pustede næsten med grønne øjne store af forventning.

"Soveværelset er ovenpå," klarede han, ordene faldt over hinanden.

Han nikkede, rakte så ned for at løfte hende under hendes knæ og holdt hende op til brystet, mens han gik mod trappen og gik op til øverste etage.

De kyssede igen, da de nåede trappeafsatsen, og han bar hende stadig i sine arme.

Hun nikkede mod en af dørene, og han skubbede den op med en albue.

"Bare et øjeblik," sagde han pludselig, "jeg synes, Ishtar burde vente udenfor."

Han rynkede panden uden at vide, hvad hun mente, men hun besvarede hans spørgsmål ved at række ud for at spænde hans bælte op, som bar det hellige symbol på hendes guddom.

Han hjalp hende med at befri den, og så tabte han den, så forsigtigt han kunne med armene optaget, ned på et lille bord ved døren.

"Jeg håber, hun ikke gider at lytte," sagde han og fik Jehnna til at rødme igen, og så fnisede hun.

Han trådte ind i rummet, lukkede døren med foden bag sig og lod den endelig falde på gulvet.

Hun tog straks fat i hans skjorte, trak den ud af hans bukser og lod en hånd glide ind under den for at kærtegne hans mave.

Han trak hende frem for endnu et langvarigt kys, mens hans hånd langsomt trængte ind og mærkede håret på hendes bryst.

De omfavnede sig, Jehnnas arm nu om hans ryg, mens han holdt hendes smalle talje, skubbede hendes hofter mod hans og pressede hans voksende erektion mod hendes krop.

Hun trak sig lidt tilbage, brugte derefter begge hænder til at løfte hans skjorte op og knappede hurtigt hans kjortel op.

Han hjalp hende og smed tøjet i en bunke på gulvtæppet.

Hun smilede, hendes øjne vandrede hen over hans bare torso, og så kørte hun sine små hænder hen over ham igen og mærkede formen og fastheden af ham.

Hvis der var én fordel ved at være eventyrer, tænkte han, så var det, at det holdt hans krop i bedre fysisk tilstand, end de fleste andre krigere formåede.

Alligevel bevægede Jehnna sig ikke hen mod sengen og pressede sin krop mod hans for endnu et kys.

Hun var stadig fuldt påklædt, stoffet blødt og fløjlsagtigt mod hendes hud.

Den kjole var nu en hindring, og skjulte næsten hele hendes krop fra hans syn.

Han kyssede hendes hals, stadig holdt om hendes talje, og nappede i hendes øre.

Han flyttede sine hænder op fra den lille del af hendes ryg og fandt de slips, der holdt kjolen sammen bagpå.

Der var flere af dem, med stramme snørebånd, men han var vant til den slags ting, ved at løsne dem én efter én og mærke det lette bomuld fra hende glide med fingrene under den grønne kjole.

Han flyttede sine kys til hendes hage og derefter tilbage til de lækre røde læber, og mistede sig selv i det øjeblik, han adskilte de sidste bånd.

Han ville ikke ødelægge kjolen, som så ud til at være lavet af værdifuldt stof, så han trådte væk fra hende igen og holdt hende på armslængde for et sidste blik, mens hun stadig var fuldt påklædt.

Hendes hår var lidt rodet nu, et par løse tråde faldt foran øjnene på hende, på trods af at klipsen holdt hendes hestehale på plads.

Hun trak vejret tungt, hendes mund åben, hendes øjne rettet mod hans, som om hun var usikker på, hvad hun skulle gøre, men ivrig efter at gøre det alligevel.

Forsigtigt nærmede han sig hendes skuldre, trak kjolen mod dem, lod hende frigøre armene fra de stramme ærmer, og gled den så ned ad siderne for at hvile på hendes hofter.

Nedenunder bar hun en simpel hvid slip, der sluttede lidt under knæene og viste ikke for meget af sin spaltning.

Ærmerne var korte, lige forbi hendes skuldre, og han førte en finger langs den ene arm og mærkede hendes bare hud mod sin.

Hun bar et sølvvedhæng om halsen, beliggende mod den øverste kurve af hendes bryster.

Han genkendte det som en forenklet version af Ishtars symbol, og efter sagen om bæltet besluttede han ikke at nævne det for ham.

Hjertets gudinde fik børn.

Hun kunne ikke blive fornærmet over den metode, han brugte.

Hun hvilede sine arme mod hans bryst, mens han atter gled sine hænder langs hendes talje.

Han bevægede sig op, kludens bomuld blød mod hans håndflader, og varmen fra hendes krop blev tydelig gennem ham.

Han rakte ud efter hendes bryster og skubbede dem gennem stoffet.

Han kunne mærke hendes brystvorter stivne under hans berøring, og han så op for at se hende rødme endnu en gang.

Han trak hende tæt til sig endnu en gang, og de omfavnede lidenskabeligt, hun kyssede hans ansigt, og han kørte den ene hånd gennem hendes hår (hendes hestehale blev grovere, mens han gjorde det) og den anden langs hendes ryg.

Hun havde en meget lille krop, bortset fra de bryster, der nu igen var klemt mod hans bryst.

En ung, slank og attraktiv kvinde.

Han gled kjolen af hendes hofter og lod den falde naturligt ned på gulvet.

De gik hen over kjolen og bevægede sig til sidst mod sengen.

Conan tog sine sko af og efterlod hende på sengen før.

Adskilles igen, men denne gang lå hun ned og han stod, Conan kiggede ned på hendes halvnøgne krop, mens hendes øjne drev til hans mave og derefter ned til bulen under hans bukser.

Slipsen var kortere end den lange kjole, men på grund af hendes læglange støvler var det kun hendes knæ, der var blotlagt.

"Lad mig se, hvad gudinden har at byde på," sagde han og løftede undersiden af slipsen over hofterne.

Den havde brede, usexet og ret beskedne bomuldsskuffer nedenunder, der nåede til midten af låret.

Da hun huskede, hvad der var sket i butikken, havde hun tydeligvis fanget sine nederdele på grund af mængden af tøj, hun havde på under.

Nå, der var så mange undertøj, fordi det ville være behageligt for hende at have dem på der.

Han gjorde tegn med hovedet til hendes, og hun løftede sine arme, så han kunne trække undertøjet over hendes hoved og greb hestehalen et sekund, før hun smed tøjet ved siden af sin kjole.

Nu var hun kun klædt i sine skuffer og sine støvler, og han måtte indrømme, det var værd at se på hende et stykke tid klædt sådan.

Hendes unge krop var meget stram og tynd, som han havde følt, da han kærtegnede hende, hendes ribben var tydeligt synlige på siderne af hendes bryst.

Hendes hud var bleg og rosenrød, åbenbart sjældent at have set solen, og kølig og blød at røre ved.

Den slanke talje fremhævede hendes faste, ungdommelige bryster, som pegede opad, meget oprejste og godt afrundede.

Hendes brystvorter var en lyserød farve, som stak ivrigt ud.

Han førte sine hænder over hvert bryst, mærkede deres kølighed og klemte så hendes højre brystvorte mellem to af sine fingre.

Vedhænget faldt over hendes spalte nu, og han gjorde intet for at minde hende om dets tilstedeværelse.

Han lænede sig ned og kyssede den glatte top af det ene bryst og derefter det andet.

Han bevægede sig for at slikke hendes lækre brystvorter, men før han nåede, lænede hun sig ind og kyssede bunden af hans brystben.

Han stod der, ubevægelig, og nød følelsen af, at hendes bryster kærtegnede hans mave, men hun begyndte at bevæge sig nedad, mens han trak snoren af hans trusser af.

Næsten hastigt sænkede hun dem, så hans pik kom fri.

De stod der et øjeblik, han spekulerede på, hvad hun nu ville gøre.

"Jeg går ud fra, at dette er gudindens gave til mig?" spurgte han, hans stemme blød og let hånende.

Hun så op på ham, og han nikkede tavst.

"Så skulle jeg tilbede ham ved alteret," svarede Jehnna.

Hun lagde en blid hånd på hver hofte og opfordrede ham til at gøre det, og hun vendte ham rundt, indtil han vendte væk fra sengen.

Han tog sine bukser af anklerne og adlød, mens han lå nøgen på ryggen foran hende.

Hendes øjne var rettet mod hans erektion, da hun tog et par beroligende vejrtrækninger.

Så knælede hun foran sengen, lænede hovedet fremad og kyssede hans pik med et ømt kys.

Han kiggede op på hende, han kunne kun se hendes ansigt fra denne vinkel, de smalle kindben, det mørke hår, de store grønne øjne og de sensuelle røde læber.

I det øjeblik betød det ikke det mindste for ham, at han ikke kunne se resten af hende.

Hun skilte læberne fra hinanden og førte tungen langs hans pik, smagte på hans baller og bevægede sig derefter mod hans piks hoved.

Han udstødte et dybt suk og rejste sig på albuerne og så hendes ansigt.

Hun virkede usikker, men virkede som om hun ikke havde brug for råd om, hvad hun så skulle gøre.

Hun kyssede hans pik, løftede den ene hånd for at holde hans baller og masserede dem med sine bløde fingre.

Så trak hun hans forhud tilbage, blottede det glinsende hoved og kyssede det med sine våde læber.

Jehnna lænede sig længere frem og åbnede sin mund og sank hans pik ind lidt efter lidt.

Et stønnen undslap hendes læber, og hun kiggede op på ham og kildede hans baller med hånden.

Hun gled hans rejsning ind og ud, kørte sin tunge over skaftet på hans pik, og smurte den, mens hun fortsatte med at drille ham med fingrene.

Først var hun langsom, men hun begyndte at tage fart, og stoppede af og til for at slippe den og skubbede den igen.

Hestehalen af hendes hår svingede mod hendes ryg, med løse halestrå faldt ned over hendes mave og hofter.

Hans frie hånd rakte ud for at kærtegne hendes flanke og mærkede hårdheden i hendes mave.

Hendes grønne øjne låste sig fast på hans, hendes udtryk usikkert og lidt nervøst, som om hun ikke var sikker på, om hun gjorde det rigtigt.

Men der var ingen sådan tvivl i krigerens sind.

Hendes læber og mund var søde, bløde, og de drev ham til vanvid; Conan vidste, at han ikke kunne holde til meget mere af denne kærtegning med hendes tunge og mund, og han spekulerede på, om hun ville have ham til at komme inde i hendes mund.

Følelsen af det var berusende, sammen med den stærke mistanke om, at han aldrig havde gjort denne særlige ting før.

Hendes eget åndedræt var hårdt og hurtigt nu, da hun forsøgte at holde sig selv fra at nå klimaks for tidligt.

Eller ville hun smage hans mælk?

Han kunne ikke være sikker.

Hun tog en sidste slurk, skubbede hans pik så langt ind i hendes mund som hun kunne, og slap den derefter, hendes spyt nu glimtede i hele dens længde.

Hun slikkede en finger og smilede til ham med hvide tænder.

Hun rejste sig, og hans blik bevægede sig først til hendes bryster, og derefter til de lange trusser, der stadig var meget skjult for ham.

Hun havde åbenbart haft den samme tanke, siden hun i en enkelt bevægelse trak dem ned og faldt på sengen ved siden af ham.

Hendes mørke busk var sparsom, næsten hårløs, og han kunne se et par dråber fugt mellem hendes ben.

At sutte hans pik havde tændt hende dybt, så det ud til.

Så meget desto bedre, tænkte han og løftede sin hånd til hendes hage og kyssede hende endnu en gang, deres tunger flettet sammen, smagen af hans pik stadig i hendes mund.

Han klemte hendes bryster og nød deres ungdommelige fasthed.

Denne gang lod hun ham kysse hende der, sutte hendes venstre brystvorte med tungen, massere den med tungen og derefter åbne munden for at presse så meget af hendes bryst ind i ham, som hun kunne.

Hun stønnede og vred sig under ham, da han bevægede sig til hendes andet bryst.

Han slap hendes bryster og placerede et lille kys ved siden af det religiøse vedhæng og vovede hende til at svare.

Hun gispede, som om hun pludselig havde indset det, men så tog hun simpelthen hans hoved i sine hænder og kyssede ham lidenskabeligt.

"Jeg håber, gudinden kan lide at se dette, selvom det ikke er måden at få børn på," sagde Conan, mens han førte Jehnnas hoved tilbage mod hans pik.

Jehnna kiggede på ham mellem morskab og liderskab, da hun igen sugede hans pik ind i munden og kørte sin hånd mellem hans baller igen.

Nu var han sikker på, at han ville have det til at ende inde i hans mund.

Han følte, at det nye blowjob, som Jehnna gav, nu uden at stoppe, ville få ham til at komme til et hvilket som helst tidspunkt uden afhjælpning.

Suget af hendes mund var stadig hurtigere og uden pause, og kærtegningen af hans baller blev sjovere og sjovere for hende.

Og hun blev ved med at kigge ind i hans øjne, mens hun suttede ham af, hvilket tændte ham endnu mere.

Han mærkede spermen begynde at stige op af hans pik og ind i Jehnnas mund.

Hun må også have følt det med hånden på hans baller, fordi hun holdt op med at røre ved dem og koncentrerede sig om at modtage hans mælk, holdt nu om hans pik med begge hænder og holdt op med at sutte på den for at åbne munden på vid gab og lade sæden falde ind i hende.

Han mærkede, hvordan han tømte sig fuldstændig på sin tunge, mund og en del af sit ansigt.

Han lænede sig tilbage for at se hende sluge sæden, mens noget af mælken faldt over hendes læber og ned på hendes smukke bryster.

Hun slikkede sig om læberne med et smil, der var et sted mellem fræk og liderlig, som begyndte at tænde ham igen.

Han bemærkede, hvordan hans pik blev hård igen.

Så hun gled hånden mellem benene og bemærkede, hvordan det andet blowjob havde gjort hende endnu vådere end før.

Hendes fisse var næsten gennemblødt af saft og var varm og indbydende og blød at røre ved.

Hun var klar, forberedt til den sidste handling af hengivenhed.

Han rejste sig ud af sengen og så hende rulle over på ryggen, hendes blik let spørgende.

Han lagde mærke til, at hun stadig havde sine støvler på, det bløde brune læder dækkede de fleste af hendes lægge.

Det gjorde ikke noget.

Han spredte hendes ben og gled hende hen til sengekanten.

Han rakte ud og førte en finger hen over hendes fisse, skilte de bløde læber af og så den lyserøde vådhed indeni.

Hun gispede, hendes krop sitrede, og han tog fat i hendes lår og løftede hendes balder.

Hendes ben skrævede over hans bryst, hendes støvler på hans skuldre, hendes fisse spredt åben foran ham.

Med en pludselig bevægelse stødte han ind og fik hende til at skrige af nydelse.

Igen og igen stødte han og holdt hendes lår tæt mod hans krop.

Hun stønnede og gispede, hendes hofter pumpede som reaktion på hans stød, hendes bryster hoppede frem og tilbage med kraften af hans anstrengelser.

Han fortsatte, stødte hårdere og begyndte at stønne nu, da Jehnnas skrig fyldte rummet.

Hendes øjne var vidt åbne og fokuserede på hans, hendes bryst strakte sig, mens hun blev ved med at bevæge sig, vedhænget lå til siden nu, fanget i hendes lidenskabs sved.

Med et sidste stød slog han ind i hendes fisse og skreg hendes navn, mens hans varme frø strømmede ind i hende.

Hele hendes krop krampede, da hendes vagina trak sig sammen, bølgerne af hendes orgasme byggede sig over hende.

Murielas største gave til menneskeheden.

KAPITEL VI
ZULA

"De henviser til en stor trussel mod byen," sagde Valeria og lagde de gamle ruller på bordet.

De havde mødtes i villaens spisestue efter alfens ønske.

Conan indså hurtigt, at han havde noget vigtigt at fortælle dem, noget han for nylig havde fundet i nogle gamle dokumenter.

Men for ham virkede det for tidligt at tage på endnu en ekspedition.

De var lige vendt tilbage fra den sidste.

Nogle eventyrere brugte hele deres liv på at udforske gamle ruiner, men det var ingen måde at leve et liv på.

Hvad var meningen med at tjene så mange penge og skatte, hvis du aldrig havde tid til at bruge og nyde det?

Selvfølgelig var der nogle mennesker, der var fuldstændig dedikerede til at bekæmpe det onde, som aldrig hvilede i kamp, og det var beundringsværdigt, men han var ikke en hellig kriger.

Han var dog sikker på, at Valeria ikke ville tilkalde dem uden god grund, og han var villig til at lytte til, hvad hun havde at sige.

Elver-troldkvinden var intelligent, en loyal ven og ikke en, der sprang ud i eventyr hensynsløst.

Hvis hun troede, at noget var vigtigt, var det sandsynligvis det.

Og en trussel mod byen, måtte han indrømme, ville bestemt være en stor sag.

Og Valeria var, udover at være intelligent, også meget smuk, virkelig, og hvis hun havde været en anden, ville han have gjort alt for at sove med hende for længe siden.

Men der var uudtalte regler, som han anså det for klogt at adlyde.

Han havde aldrig været i seng med et andet medlem af gruppen og havde aldrig tænkt sig det.

Det ville skabe for mange komplikationer og endda risici i betragtning af deres farlige beskæftigelse.

Der var mange flere kvinder i verden, og han var kommet til at tænke på gruppen næsten som sin egen familie.

"De er en beretning om en gruppe eventyrere fra hundreder af år siden," forklarede Valeria, "men desværre er de ufuldstændige. Der er nogle kort, men ingen indikation af, hvor nøjagtigt de steder, der er vist på dem, kan være, ud over det faktum, at de er under jorden, et sted under denne by."

Conan nikkede.

"Den nuværende by er bygget på ruinerne af en meget ældre, det er sandt. Men der er ikke meget tilbage af den, og slet ikke noget over jorden. Men i betragtning af, hvor længe Tarantia har været her, har alt under, der var været fuldt udforsket for længe siden."

"Måske," svarede Valeria, "men hvad nu hvis noget blev ændret på et senere tidspunkt? De gamle ruiner, som de er, må være blevet forseglet. Vi ville ikke vide meget om dem. Det er selvfølgelig ikke sikkert. Det er Der er sikkert mange rejser på vej til målet, men det betyder ikke nødvendigvis, at der ikke er noget dernede. Og ganske rigtigt fandt disse gamle eventyrere noget. Det er ikke rigtig klart, hvad det er, bortset fra at det ser ud til at tiltrække monstre og ligesom indikerer, eller det troede de, hvis han blev stærk nok, ville han rejse sig fra dybet og overtage byen. Jeg ville tro, de henviste til noget infernalsk, det er højst sandsynligt, men med dokumenterne som ufuldstændige som de er, er det bare et gæt. antagelse."

"Men han overtog ikke byen," bemærkede Zula, "ellers ville vi ikke være her. Hvad er problemet?"

"Nej, det gjorde han ikke, for de tilbageholdt ham. Men efter hvad jeg kan se, dræbte de ham ikke, de forseglede ham bare i noget, afdelinger af en art for at forhindre hans flugt. Hvilket fra deres perspektiv, var mere end nok."Men besværgelser varer ikke evigt, og partiets magiker syntes at tro, at de ville svækkes efter et par århundreder. Hvilket bringer os til i dag."

Yasimina, som helt sikkert var glad for dette, lænede sig frem på sit sæde.

"Tror du, at truslen kan være aktiv igen nu eller meget snart?" Så standsede han et øjeblik, mens han rynkede lidt på panden: "Men hvorfor forklarer du ikke det tydeligt? Hvis jeg låste en dæmon inde i en krypt under byen og vidste, at den ville undslippe, selv inden for fem hundrede år, ville jeg sørge for at tage af sted. en meget klar advarsel til fremtidige generationer og ikke sige, at der er en skjult fare et sted under jorden.

Valeria sukkede: "Jeg er enig, og jeg er bange for, at ufuldstændigheden af dokumenterne endnu en gang gør det svært at sige, hvorfor de ikke gjorde det. Det er klart, at de led mange ofre, det ser ud til, at kun to af dem overlevede , herunder forfatteren af denne dagbog. Jeg har dog det indtryk, at de kan være blevet bortvist af byen, uden at kunne efterlade nogen form for tydelig advarsel, bortset fra dette."

"Okay," sagde Yasimina og påtog sig pludselig en forretningsrolle, "lad os antage, at vi tror på denne historie. Den indlysende fremgangsmåde ville være at advare myndighederne. Forhåbentlig ville de hyre os til at håndtere truslen, og vi ville har meget mere støtte fra det." måde, som om vi gjorde det alene. Og så vidt jeg kan se, er der ingen indlysende grund til, at vi skulle håndtere det her alene. Det er svært at tænke på, at dette kunne være en typisk ekspedition. Men hvis vi ignoreres, så bliver vi nødt til at tænke anderledes. en anden tilgang."

"Vi kan ikke gøre det," sagde Valeria og rystede på hovedet, "denne ting, uanset hvad det var, havde evnen til at påvirke befolkningen i hele byen. Der er skrevet passager her, som siger, at eventyrere tager en stor risiko selv når de er oppe i byen, da væsenets tjenere kendte til dem og tog affære. Det er åbenlyst, at på det tidspunkt var disse tjenere endda inden for byens regering. Nu er det måske ikke tilfældet, at dette måske kun er sket denne gang, eller det kan have spredt sig meget, og der er stadig skjulte servere i byen. Men vi kan ikke vide det med sikkerhed, så jeg synes, vi skal holde det så skjult som muligt, indtil vi ved mere Jeg tænker, "Vi er nødt til at se nærmere på det her, og før hellere end siden, og jo færre mennesker, der ved om dette, jo bedre."

Yasimina lænede sig tilbage i sin stol igen, dybt i tanker.

Conan besluttede, at det var bedst at lade hende tænke.

Hun var lederen af gruppen, i det mindste stiltiende, og han respekterede hendes beslutninger.

Endelig talte paladin.

"Vi kunne undersøge, som du siger. Lad os starte med at finde ud af, hvordan vi kommer ind i det, der er under byen. Det kan vi gøre, uden at folk finder ud af vores sande formål. Er der nogen, der har forslag til, hvor man skal starte?"

"Det er muligt," sagde Snagg og talte for første gang, "jeg gør..."

***

Det viste sig, at Zula ikke var nødvendig til den første del af missionen i søgen efter information.

Så da han havde en ledig eftermiddag foran sig, og havde tidligere tænkt på byens huler og varme kilder, besluttede han sig for at tage et bad.

Hun lod Snagg og de andre planlægge handlingsforløbet, hun ville tage lidt fri for at slappe af.

Han gik ind på sit værelse og lukkede låsen for sit privatliv.

Så snart hun gjorde det, fyldte minderne fra den nat for ikke så længe siden hende igen.

Yakin var et andet sted i villaen på det tidspunkt, og den aften før havde hun kun været i stand til at spionere på ham.

Det var ikke som om der var nogen reel chance for at få fysisk intimitet med ham; Deres respektive løb var en lige så stor barriere som nogensinde, og intet havde ændret sig siden da.

Faktisk håbede hun, at han aldrig ville finde ud af, hvad hun havde gjort.

På mange måder var det et forræderi, og ikke engang et, hun kunne begynde at forklare for nogen, mindst af alt ham selv.

Men hvis intet virkelig havde ændret sig fra Yakins perspektiv, var det anderledes for hende.

Hun havde ofte forestillet sig det mange gange før, hvad der kunne ske, hvis bare han var en nisse som hende.

Det havde været behagelige fantasier, men fantasier var alt, hvad de var, og alt, hvad de nogensinde ville være.

Hun havde ikke hørt om magi, der kunne gøre det, og selvom det var muligt, var det svært at tænke på, hvorfor Yakin ville være villig til at gennemgå forvandlingen.

Han kunne sikkert godt lide at være et menneske.

Men nu, siden den nat, drømte hun mere om ham.

Det var virkelig latterligt.

Så hun havde set ham nøgen?

Var det virkelig så anderledes, end han havde forestillet sig, at hans tanker nu skulle være fyldt med lyst?

Det var dog det, der var sket.

Den del, han forsøgte at ignorere, tænkte han, da han tog sine støvler af og dyppede en fod i det varme vand i badet for at teste vandtemperaturen, var, som det altid havde været, størrelses-inkompatibiliteten.

Bortset fra det virkede mennesker og nisser ens.

Det var jo derfor, hun ville have ham.

Men hvis Yakin havde noget som en nisse, havde han en gigantisk statur fra hans perspektiv.

Med, som hun allerede vidste, en fuldt proportional penis.

Hun kunne forestille sig ham stå der foran hende, som han havde stået foran badet den nat, og løsnet sine bånd og hans hårde pik sprang frit ind i hendes ansigt.

Hun rystede på hovedet og skubbede billedet fra hendes sind.

Det tjente kun til at minde ham om kløften mellem dem, og det ville ikke nytte noget at dvæle ved det.

Der skulle være et spejl på badeværelset, funderede han, mens han trak kappen over hovedet og lagde den på sidebordet.

Men det var der ikke, og hun måtte forestille sig, hvordan han ville se hende.

Hun kørte hænderne ned ad siderne.

Hun var slank nok, med en flad mave og feminine hofter.

Så ville hun da vel ikke virke for barnlig på ham?

Hun lagde sig om sine bryster og mærkede formen på dem.

Der er bestemt ikke noget pige-agtigt der, selvom hun ikke kunne se, at hun havde en meget frodig brystkasse.

Selvfølgelig anede hun ikke, hvad Yakin foretrak hos kvinder.

Hvis han havde en kæreste, vidste hun ikke noget om det.

Jeg håbede, at han ikke havde det, selvom det ønske var både egoistisk og i sidste ende forgæves; hun ville bare ikke forestille sig ham med nogen anden.

Hun klemte sin lyserøde brystvorte, men fjernede så hånden.

Måske var dette ikke tidspunktet eller stedet.

Hun havde låst døren, men de andre var ikke langt væk og diskuterede uden tvivl ting om katakomberne under byen.

Han burde gå i bad og få det overstået, og måske trække sig tilbage i sin seng bagefter.

Han fjernede professionelt sit resterende tøj, lagde det forsigtigt ud, greb et håndklæde og stillede sig ved kanten af badeværelset.

Naturligvis var stenbadet stort, beregnet til mennesker, ikke nisser eller dværge.

Den var beklædt med marmor, med rør nedenunder, der var forbundet med de varme kilder, og holdt vandet varmt, selvom det heldigvis aldrig nåede særlig høje temperaturer, og det var der en charme for at undgå, mente han.

En afsats på den ene side ville give ham mulighed for at sidde på den, i stedet for at skulle bruge stedet som en lille pool, da han næsten ikke kunne lægge sig ned på bunden.

Vandet rislede og tillod en forvrænget afspejling af hans krop.

Ikke så godt som et spejl, tænkte han igen.

Uanset hvad, så var det eneste, det gjorde, at få tankerne om Yakin i tankerne igen.

Hun så på sig selv.

Hun havde gode lår, mente han, velformede frem for for tykke eller for tynde.

Hendes mave var smal og mørke hår krøllede mod den blege hud på hendes hofter.

Hun var en kvinde, en voksen kvinde.

Men selvom han kunne se hende nøgen, var det sådan han ville tænke på hende, eller som en mærkelig dukkelignende figur?

Han vadede i vandet, satte sig på kanten, nød varmen og fugtigheden mod sin hud og nød fornemmelsen.

Han lænede hovedet mod stenkanten, vandstanden steg lige under hans skuldre.

Han rakte ud efter den duftende sæbe på håndklædet, sprøjtede vandet på det og begyndte at skumme.

Til at begynde med lykkedes det hende at ignorere Yakins tanker, idet hun lå i den samme pool, endda ved at bruge den samme sæbe, men da hun bevægede sig ned for at sæbe sine bryster, blev hendes brystvorter ufrivilligt hærdet og forestillede sig, hvordan hans hænder ville have lyst til at kærtegne hende.

For fanden, det fik hende ingen vegne.

Hun kan også give efter for tankerne og slappe af sine spændinger på den eneste mulige måde.

Han ville befri sig selv, men han kunne ikke befri sit sind for distraktionen, før hun havde opnået det.

Damn Yakin, hvorfor skulle en menneskelig mand være så smuk?

Hun lagde sæben tilbage på håndklædet og lagde hænderne mellem sine ben.

Hun sukkede med et svagt åndedrag forbi hendes læber.

Dette føltes godt; Det var det, hun havde brug for.

Under vandet gled han en finger ind i hendes fisse og bevægede den op for at gnide mod hendes klit.

Hun lukkede øjnene og forestillede sig Yakin stå foran hende, på størrelse med en nisse.

Hvad ville jeg gøre, hvis jeg var en nisse, og på badeværelset med hende?

Jeg skulle selvfølgelig stå i bunden.

Og så, ja, ville han kysse hende og gnide hendes bryster.

Han bevægede sin frie hånd for at mærke den og lod hendes brystvorte glide mellem to af sine fingre.

Så løftede han hende fra hofter til hofter med hendes ben viklet rundt om de faste lår og trængte ind i hende.

Hun skubbede sin finger endnu dybere sammen med sine tanker og gled den ind og ud i et langsomt tempo.

Hun slikkede sine læber og forestillede sig smagen af hans mund, hvordan hans bryst ville føles mod hendes, og lod som om, at varmen fra badet var varmen fra hans krop.

Hun holdt øjnene lukkede og ville ikke ødelægge billedet med et glimt af det tomme rum og fortsatte med at udforske sin fisse.

Det ville være blødt og langsomt, hans sædvanlige måde at være på, eftertænksom og rolig, altid drive hans ekstase.

Da han var en alf i sine fantasier, kunne han gøre dette mod hende, men som menneske aldrig.

Uventet sprang et billede ind i hans sind.

Yakin, hans fulde størrelse nu, bøjer hende, holder hende mod hans hofter, tager hende bagfra, hans hæle banker på hans knæ.

Tanken var pludselig, chokerende, og hun spekulerede kort på, hvilken del af hendes sind det kom fra.

Hun vidste, at en del af hende ville have ham som et menneske, hun ville endda have ham hårdt, overvundet af begær, kneppe hende.

Han stak en anden finger ind i hendes fisse, hendes vejrtrækning stærkere nu, og drejede en brystvorte med sin frie hånd, mens han nød den lette smerte, mens han gjorde det.

Ja, hun ville kneppe ham!

Hun forsøgte at genskabe billedet af ham som en mand på størrelse med en elver, men tanken om hans enorme oprejste pik overvældede hende, selvom hun aldrig havde set ham i sådan en tilstand.

Hvor stor ville den være, undrede han sig kort?

Seks, syv tommer?

Og, gode gudinde, hvad ville der ske med tykkelsen?

Hun ville ønske, hun havde taget noget med...noget med håndtag, måske...noget, hvad som helst, som hun kunne teste hans tolerance med.

Men det havde hun ikke, og hvis hun havde, ville det næppe være det samme som følelsen af en god levende pik, der bankede hende.

Hun bed sig i læben og var villig til ikke at skrige, de andre var kun et værelse eller to væk.

Hendes krop buede sig mod stenen og gled let på kanten, hendes hofter bevægede sig refleksivt i modsætning til hans stødende fingre.

Hun var ligeglad med, om Yakin var menneske eller nisse nu, hun ville bare have hans pik inde i hende.

Han overvejede kort at forlade badeværelset og finde en tørrere, mindre glat overflade at hvile sig på, men han var for langt væk til, at det var en mulighed nu.

Vand væltede ud mod hendes skuldre, og hun bed sig hårdere i læben.

Hendes klitoris brændte...ethvert...øjeblik...NU...

Hun fik krampe og udstødte et lille ufrivilligt støn, da hvid varme skyllede ind over hende.

Mens hun gjorde det, gled hendes balder, der allerede var i en ustabil position på hylden, frit og trak hende under vandet, da hendes ben faldt sammen under hende.

Et øjeblik senere skubbede han hovedet mod overfladen og greb om kanten med venstre hånd.

Hun forblev sådan et øjeblik og pustede med store øjne i en post-orgasmisk glød.

Til sidst børstede hun sit våde hår ud af ansigtet, børstede det tilbage og sprøjtede så vandet på sig selv igen.

Zula udstødte et langt suk af ren lykke.

Det havde været godt.

Meget godt ...

KAPITEL VII
CASSANDRA

Cassandra vågnede, da solen begyndte at dykke ind i himlen og kastede sit orange solnedgangslys gennem det smalle vindue i hendes loftslejlighed.

Han havde sovet det meste af dagen, hvilket ikke var usædvanligt.

Hun foretrak nat mere end dag, da når sollyset var stærkt, var de ting, der kunne gøres, for synlige, og det kunne hun ikke lide.

Og desuden kunne hun om natten se bedre end mennesker, eller endda elvere, hvilket tillod hende at se uden at blive set.

Det var praktisk, især i betragtning af hans sarte handlinger valgt til forretningsforretninger, men der var også, mente han, mere skønhed om natten.

Tarantias himmel var ofte klar, en fordel ved dets tørre miljø, der tillod stjerner og måner at skinne klart midt i det fløjlsbløde mørke.

Og mørket var meget smukkere end dagslyset.

Den måde ting krympede i skygger på gjorde dem på en eller anden måde renere, renere, end de var, da sollys afslørede deres virkelighed.

Hans djævelske arv kunne selvfølgelig også have været relevant.

Han gled ud af sengen, skubbede de tynde lagner på plads og klædte sig hurtigt på.

Hun havde ikke et bredt udvalg af tøj, bare nok reservedele til at sikre, at noget altid var rent, og hendes smag var enkel og praktisk nok.

Måske hvis hendes job en dag tog hende til en velklædt overklassefest, skulle hun måske købe en dyr kjole, men ideen tiltalte hende ikke.

Så han tog nogle stramme læderremme på og en laser med en ærmeløs bomuldsskjorte.

Tøjet viste hendes figur og fik hende til at se mere velskabt og attraktiv ud, end hun selv var klar over.

I hans egne tanker var hans helvedes deformiteter alt, der virkelig betød noget.

Efter at have taget sine kalvehøje støvler på, stoppede hun op for at se sig selv i spejlet og løsnede sit søvn-mattede hår for at skjule sine horn så godt hun kunne.

Med dem skjult så hun lige så menneskelig ud som altid med et blegt, ovalt ansigt og skulderlangt brunt hår med et strejf af rødbrun.

Hendes øjne gav hende dog væk, fordi deres ikke alt for naturlige mørke rødlige tone var tydeligt synlig for alle, der nærmede sig hende.

Hun prøvede ikke at lade det ske for ofte.

Tilfreds med sit udseende justerede hun sit bælte og tog den sorte hættekappe på, som var hendes bedste beskyttelse mod at blive set tydeligt, og forlod rummet og placerede den pilefælde, hun altid efterlod i nøglehullet, for en sikkerheds skyld.

Der var kun én smal trappe på reposen, som førte til andre etager op til gadeplan.

Det var et fattigt område af byen, fordi det var svært for ham at leve et sundere sted.

En dag ville de penge, hun havde tjent, måske give hende et bedre sted, men det skulle være meget privat, og hun vidste, at hun aldrig havde råd til den slags diskretion, Lady Gedren havde brug for for at leve som en mørk elverhandler i et menneske by.

Sådan var det ofte med halvdæmoner.

Da han forlod bygningen, var solen allerede ved at synke ind i horisonten, og skyggerne var allerede begyndt at dukke op på gaderne.

Hun havde lært, hvad hun kunne om de eventyrere, Gedren ville have hende til at stjæle fra.

Nok til at vide, at det ikke var et fornuftigt forslag at stå over for dem, selvom det havde været hans præference.

Det var ikke overraskende, da eventyrerne var blandt de mest dødbringende modstandere.

Hvis vi antager, at de overlevede deres første par ekspeditioner, ville det alene allerede have stået over for flere rædsler, end de fleste mennesker ville støde på i et helt liv, og levet for at fortælle historien.

For ikke at nævne det nyttige magiske bytte, de ville have formået at opnå.

Nej, direkte kamp var ikke en mulighed.

Men hun vidste det allerede: hun skulle simpelthen bekræfte det.

Det næste spørgsmål var sikkerheden i hendes hjem, hvor let eller svært det ville være at komme ind og ud uden at blive opdaget.

Det var ærgerligt, at de ikke bare boede uden for en kro, som mange gjorde, men var for smarte og succesrige til det.

Så i aften ville hun lære, hvad hun kunne om sin landsby.

***

Han opholdt sig i skyggerne, så meget han kunne, hvilket blev lettere af nattens mørke.

De fleste i nabolaget vidste nok til ikke at kommentere hendes sædvanlige hættekappe, og udover her var hun ikke den eneste person, der alligevel ville undgå opmærksomhed.

Generelt var der ikke mange kommentarer til forbipasserende i denne del af byen.

Alligevel smuttede han gennem gyderne, så snart han kunne, og gik hurtigt gennem gange, som han kendte fra barndommen.

***

Hun så dem selvfølgelig i god tid.

Faktisk havde hun nok set dem, før de havde set hende.

Men hun havde givet dem ringe betydning, kun to nye tilflyttere i byen, fortabt i baggaderne.

Og de var tydeligvis nyligt ankomne, ud fra deres påklædningsstil, og stadig med turens støv på tøjet.

De var afmagrede, noget i stykker, og de var tydeligvis ramt af hårde tider, som mange havde her omkring.

Måske ledte de efter et billigt pensionat eller endda en beskyttet lejlighed at overnatte.

En af dem dukkede pludselig op foran hende og spærrede hendes vej.

Hendes øjne rejste sig i ærgrelse, for han var omkring seks centimeter højere end hende.

Hun lagde mærke til hans slappe hår og skægstubbe på hans hage, hendes næsebor angrebet af lugten af sved og snavs blandet med en tydelig antydning af en smule alkohol.

Han holdt en kniv i den ene hånd og pegede den mod hende.

"Dine penge, nu," forlangte han, lugten af alkohol frisk på hans ånde.

"Det tror jeg ikke," sagde hun roligt, og hendes hånd bevægede sig allerede i det skjulte under kappen.

Han holdt hendes blik fast, enten for fuld eller for dum til at læse hendes øjne eller bemærke deres unaturlige farve.

Eller måske var det for mørkt for dem.

Hendes veninde cirklede allerede bag hende og afskar hendes flugtvej.

Meget dårligt for dem.

"Åh, det vil du," sagde han, "og måske noget andet, hva?" Han lo, hans smil viste knuste og plettede tænder.

Hans knivhånd holdt stadig mod hende, han rakte ud for at prøve at tage fat i hendes bryst med den anden.

Hans svar var lynhurtigt, greb hans knivhånd med venstre og vred den hårdt.

Hans egen højre hånd kom ud under hans kappe, kastede kniven under hans brystben og drev den ind til fæstet.

Han gispede, men skreg ikke, og udstødte blot et udbrud af dårlig ånde.

Han vaklede tilbage med store øjne af chok og så på den hurtigt voksende plet foran på hans skjorte.

Hun havde allerede tabt kniven og vendt sig mod den anden angriber.

Han havde ikke engang rørt sig, han havde ikke gjort noget, tilsyneladende lige så frosset og chokeret som sin ledsager.

Han så på kniven, der stadig dryppede blod, og så på Cassandra, hans ansigt var en maske af uforståelse.

Idioten fortjente at dø, tænkte hun.

Men i stedet vendte han sig om og flygtede og løb ind i natten, så hurtigt som hans ben kunne bære ham.

Hun gad ikke engang at jage ham; han ville ikke have nogen venner her, og det nyttede ikke meget at spilde sin energi.

Bag hende lød der et brag, da den første mand kollapsede til jorden.

Hun vendte sig om for at se og så ham gispe som en fisk op af vandet og forsøge at dæmme op for blodstrømmen, mens han lå på jorden i grusgyden.

Han var ved at dø, det var tydeligt.

Men ikke hurtigt nok.

Hun knælede foran ham og så et sekund eller to, mens han forsøgte at smutte og dække sit sår på samme tid.

Han kiggede bønfaldende på hende, men hun brugte simpelthen sin dolk igen og skar halsen over på ham.

Hans hoved faldt til siden, og hans øjne blev blanke.

Hun tørrede sit sværd med sit tøj, lagde det på igen, trådte så forsigtigt for at undgå at sætte sine fødder i blodpølen, gik hen over hans lig og gik ned ad gyden.

Hun kunne ikke spilde meget tid på det her, hun havde jo forretninger at tage sig af.

***

Villaen var et typisk to-etagers palæ med to lange fløje, der strækker sig på hver side af en muret gårdhave.

Som mange andre bygninger i denne del af byen havde taget en flad top, selvom to små kobberkupler stod i hjørnerne, hvor fløjene sluttede sig til hovedbygningen.

Hun skulle være forsigtig, da hun ikke ønskede at tiltrække sig selv for meget opmærksomhed i denne mere velhavende del af byen.

At efterlade et lig her ville have en tendens til at tiltrække sig meget opmærksomhed, noget hun trods alt ville forsøge at undgå.

Han kunne dog hurtigt bekræfte, at vinduerne i stueetagen havde stærke jernstænger, der forhindrede noget mere end to eller tre centimeter brede i at komme ind.

De havde også persienner, som uden tvivl ville blive lukket senere på natten.

Væggene var stejle, hvilket ville gøre det umuligt at klatre op til et øverste vindue eller op på taget uden en gribekrog... alligevel var en griber noget at overveje.

Til mere brug ville dog være lidt viden om, hvordan gruppen tilbragte deres dage og nætter her.

Hvor sandsynligt var det, at huset for eksempel ville stå tomt?

Det bedste af det hele ville være at have en idé om, hvor de opbevarede deres skat, når de ikke brugte den.

Der skulle være en hvælving et sted, og det ville åbenbart være at foretrække, hvis hun ikke skulle gennemsøge hele villaen for at finde den.

Selvfølgelig, tænkte han trist, var enhver chance for, at de røbede oplysninger om det, virkelig begrænset.

Lyset fra gadelygten væltede ud af gården og villaens øverste etage.

Mange mennesker lagde sig til at sove, så snart det blev mørkt, og tusmørket var allerede ved at blive dybere, så ethvert menneske kunne læse uden hjælp.

Eller gør noget andet uden lyskilde for den sags skyld.

Men eventyrerne var stadig aktive.

På sin anden passage gennem portene til den murede indhegning kom han så tæt på, som han turde uden at gøre det for tydeligt, og hørte lyden af samtale indefra.

Så i det mindste nogle af dem var nu i gården, ikke bygningen.

Og det gav ham en idé.

Han så sig omkring på nabobygningerne.

Ligesom selve villaen var de fleste to etager høje, hvilket betød, at man fra anden sal skulle kunne se ud over gårdsmuren.

Gaderne var ved at tømmes, men Cassandra var stadig forsigtig, da hun gled ned ad gyden bag hvad der så ud til at være et normalt hus.

Huset var mørkt, så enten var ingen hjemme, eller også var de allerede gået i seng, og begge tilfælde ville passe til deres formål.

Hun så sig omkring for at sikre sig, at hun var alene, og klatrede op på et vindue i stueetagen og tog fat i overliggeren ovenover.

Han bevægede sig lydløst, men selvsikkert, og skubbede sig op mod væggen.

Heldigvis var det så udsmykket, at det ikke ville være for svært for en med erfaring at klatre, i modsætning til selve villaens glatte vægge.

På første sal, lige da han nåede kanten af det flade tag, frøs han, da han hørte lyde indefra.

Stedet var måske ikke så tomt, som hun havde troet.

"Hr. Imp," sagde en kvindestemme på en åbenlyst falsk pigeagtig måde, "jeg ved ikke, om jeg skulle blive våd her. Hvad hvis du kunne se nogle ting?"

Den måde, han talte på, gav Cassandra indtryk af, at han måske taler med en kat eller et andet kæledyr, og det latterlige navn understøttede den teori.

Men i stedet svarede en mands stemme:

"Åh, men jeg lover, at jeg ikke vil se på noget, du ikke vil have, jeg ikke skal se."

"Så meget som du ikke gør noget forkert... det ville være for spændende!"

Cassandra pustede vejret ud, da de to holdt op med at snakke, og gik ind i, hvad der formodentlig var et soveværelse.

De så ikke ud til at gå til loftet, hvilket var alt, der betød noget.

Hun overvejede kort at vælge et andet hus, men det var lidt sent.

Med parret sikkert uden for hørevidde, klatrede han til toppen af bygningen.

Taget var, som så mange andre, fladt, med en lav mur omkring og en faldlem, hvorigennem man kunne gå ned i selve huset.

Hun var overbevist om, at indbyggerne var gået til det modsatte hjørne af huset og forhåbentlig nu ville sove og efterlade hende i sikkerhed.

Med næsten katteskjul bevægede han sig hen over taget og lagde sig på siden ud mod villaen og kiggede ud over muren, der kun var otte centimeter høj.

Hun var i mørke, og byen var oplyst; Det var usandsynligt, at de kunne se hende derfra, selvom de så præcis i hendes retning, hvilket de ikke havde nogen grund til.

Jeg kunne høre fnisen nedefra og afbryde i ny og næ for den irriterende kvinde at komme med en idiotisk kommentar eller noget andet.

Han håbede, at de snart ville falde til ro, eller i det mindste, at kvinden ville gøre det, for hun så ud til at være den, der talte mest, da hun i så fald måske endda ville få mulighed for at overhøre en samtale fra villaen.

Men han måtte lytte godt efter, og til det havde han i det mindste brug for noget stilhed.

Eventyrerne havde tydeligvis en udendørs middag.

De havde et stort bord opstillet i gården med stole omkring, og der hang talrige lanterner rundt om væggene.

De var tydeligvis færdige med at spise, og mens hun så på, var en ung tjener ved at rydde tallerkenerne væk.

Han kunne være et problem; Det var sandsynligt, at han var i villaen, selv når de var væk.

Det ville selvfølgelig ikke være for svært for hende at håndtere det, hvis hun skulle kæmpe mod ham, men det ville komplicere tingene, og hun ville helst undgå det, hvis hun kunne.

Hun kunne jo ikke lide at efterlade et spor af kroppe efter sig, selvom det nogle gange var nødvendigt.

Der var flere mennesker i gården, end hun vidste, at gruppen bestod af, hvilket tyder på, at de havde gæster.

Hun identificerede straks tre af eventyrerne.

Dværgen må have været Snagg, og Zula nissekvinden.

Den smukke mand med mørkt hår og kort skæg var sikkert Conan, og han var også den eneste, der udover Snagg ikke var iført en form for uniform.

De andre var dog mindre nemme at fastlægge.

Hun søgte også, så vidt hun vidste, efter en elver-troldkvinde og en menneskelig paladin, begge kvinder.

Men som heldet ville have det, omfattede de resterende seks personer omkring bordet fire kvinder, to elvere og to mennesker, mens de to andre gæster var mænd.

Hun kunne allerede udelukke mændene alligevel, først fordi de var mænd, og for det andet fordi de begge var klædt i uniformerne fra Ymir Kirke, æresguden, den ene en ridder og den anden en gejstlig.

De skulle være venner med Lady Yasimina, paladin og leder af gruppen, og hun vidste, at de ikke boede her, så de var ikke umiddelbart en bekymring.

Begge menneskelige kvinder var lyshårede og bar elegante kjoler.

Man skulle være Lady Yasimina selv, men i øjeblikket vidste han ikke, hvilken der var hvilken.

En af nisserne havde langt lyst hår, og den anden fik det klippet tæt ind til nakken, men hun havde ikke en nøjagtig nok beskrivelse af Valeria til at hjælpe hende.

Hendes tøj hjalp heller ikke, da nogen af dem kunne have været en troldkvinde...

Ville Valeria være klædt i et traditionelt outfit til nisser eller en simpel hvid kjole i den reneste menneskelige stil?

Der var ingen måde at vide det.

"Åh, hr. Imp!" - råbte kvinden nedefra, tydeligvis i en tilstand af falsk chok. "Kan du se mine bryster! Hvad fanden laver vi?"

Cassandra knyttede næven og ønskede, at den latterlige kvinde bare ville holde kæft og få det overstået.

Bortset fra det sludder, han talte, var hans stemme alene irriterende og gennemtrængende, et evigt, højt skrig.

Hvem 'Mr Imp' end var, havde manden meget dårlig smag i kvinder.

Hun forsøgte at fokusere tilbage på gruppen på den anden side af gaden, men med støjen fra huset under hende var det umuligt at høre noget, de sagde.

Tjeneren var blevet i hjørnet af gården uden for kredsen, som om han afventede yderligere instruktioner, men de andre drak vin og snakkede indbyrdes.

Det var en klar nat, med en skyfri himmel... hun kunne sikkert have hørt dem, hvis det ikke var for afbrydelserne nedefra.

"Åh, du må ikke røre mig der, det ville være for dårligt!"

Manden, der indtil dette tidspunkt stort set havde været tavs, afbrød med sin egen indskydelse.

"Killingpige, sut min pik!"

Gudskelov, tænkte Cassandra, da denne handling endelig gjorde kvinden tavs.

Måske var manden blevet lige så kede af hendes snak, som hun var, og havde tænkt på en effektiv måde at lukke munden på.

Med lydene nedenfor i det mindste midlertidigt dæmpet, var det muligt, som hun havde mistanke om, at høre fragmenter af gruppens samtale.

Det blev hurtigt klart, at gæsterne ikke var eventyrere, men tre af dem var snarere forbundet med Ymirs tempel.

Da det omfattede elverkvinden i den hvide kjole, måtte den anden alf være Valeria.

Det var også tydeligt, at Conan flirtede med den korthårede nisse, selvom Cassandra fornemmede på sit kropssprog, at tingene ikke var blevet meget tæt mellem dem.

Alligevel, hvis han havde en svaghed for kvinder, kunne det måske være noget, hun kunne bruge.

Da eventyrerne i øjeblikket beskrev deres seneste bedrifter, blev det hurtigt klart, hvem af de menneskelige kvinder der var Yasimina.

Der var ingen reel anelse om identiteten af den anden, som ikke syntes at snakke meget og til tider virkede en smule utilpas.

Men vigtigst af alt håbede Cassandra, at hun kunne få et fingerpeg om sin skat fra historien om, hvordan den var blevet fundet.

Det er klart, at der var en slags dyb underjordisk grav involveret i den nordlige ørken.

Det perfekte sted, mente han, at finde en slags mørk magisk genstand, der passede til Lady Gedrens beskrivelse.

Hvis hun kunne lytte lidt mere, så...

"Vil min Lord Imp gøre det samme ved mig nu? Det er jeg sikker på, at han vil! Siden jeg fik noget fugt mellem mine lår, kan min Lord Imp finde på noget at gøre for at få mig til at føle mig bedre?"

Cassandra bed tænderne sammen og modstod trangen til at banke sit hoved mod væggen.

Eller endnu bedre, gå ned og dræbe idioten.

Hvis det ikke var fordi et mord ville tiltrække sig for meget opmærksomhed, var hun ikke sikker på, at hun ville have haft styrken til at undgå at gøre det.

Dine naboer kan endda takke dig for det.

"Åh, shit, ja," sagde mandens stemme, efterfulgt af en lang sus af glæde fra kvinden.

Hvis hun havde talt før, var det endnu værre nu.

Hans høje nasale stemme, der lød som om den skulle have knust glas, vekslede og skreg som en slags tortureret dyr, mellem lejlighedsvise formaninger til sin elsker og lyden af en kraftig lussing.

Cassandra spekulerede på, at dømme efter lydene, om han også slog hende, selvom hun ville have troet, at kvælning ville have været en bedre mulighed.

Halvdæmonen holdt hovedet i hænderne og så på de andre bygninger i nærheden.

Det ville være svært at komme dertil, men det ville være det værd.

Selvom det er længere væk fra villaen, hjælper det måske ikke meget.

Hvor længe vil disse to idioter blive ved med det her?

Til sidst, lige da han begyndte at tænke på måder at dræbe dem på, som ville undgå at forårsage uønsket opmærksomhed, udstødte manden et højt støn, og parret faldt i en glad tavshed.

Cassandra fjernede hænderne fra ørerne og kiggede ud på balkonen igen.

Desværre så det ud til, at gæsterne gik.

Al mere information, han kunne have fået, var allerede væk for altid.

Jeg ønskede at ramme loftet i frustration, men det ville have lavet en lyd og advaret det nu tavse par nedenfor.

Der var, formoder jeg, ikke mere at lære.

Så, så hurtigt og stille han kunne, sneg han sig tilbage til bagvæggen for at kravle ned igen.

Jo før han kom ud herfra, jo bedre.

Da han krøb sammen, hørte han den gennemtrængende stemme en sidste gang.

"Åh, for helvede, gør vi det igen...?"

KAPITEL VIII
ADRIANA

Dværgene havde været i Tarantia længe nok til at have bygget deres eget kvarter i byen.

På trods af at han har boet i byen hele sit liv, var det et område, Conan sjældent havde været i.

I modsætning til elvere udførte dværge sjældent magi, og den tætte og forsigtige ånd i deres kultur gav ham ringe grund til at besøge dem.

Faktisk var Lady Yasimina nok mere bekendt med distriktet, end han var, på grund af dets kvalitets rustningsmænd.

Og med dem var selvfølgelig Snagg.

Da han kiggede rundt på blokbygningerne med deres små vinduer, undrede han sig næsten over, hvorfor han havde meldt sig frivilligt til at komme.

Men hvis de skulle få planer om ruinerne under byen, kunne hans viden om Tarantias gamle historie hjælpe sammen med Snaggs naturlige fornemmelse for arkitektur og sten.

Men han følte også, at dværge var venlige mennesker, selvom det var langt fra den ubekymrede, livsglade natur af elvere, eller endda, til en vis grad, nisser.

Det var deres kulturs natur: De var mesterhåndværkere, der brugte al deres tid på at arbejde dedikeret til at forbedre deres kunst, uden at efterlade tid til glæde.

Lady Yasimina førte an, da de gik gennem dværgegaderne, arrangeret i et firkantet gitter, lige så regelmæssigt og monotont som bygningerne omkring dem.

Som paladin godkendte han formentlig dværgenes input, og selv Conan måtte indrømme, at de var hæderlige og modige mennesker.

Snagg havde reddet sit eget liv mere end én gang.

Aftenen før havde Yasimina inviteret nogle af hendes venner fra Ymir-templet til en hyggelig aften med mad og samtale i gården.

De havde ikke diskuteret den tilsyneladende trussel mod byen, men dem i templet var potentielle allierede, hvis de nogensinde var nødvendige.

Valeria havde også taget en ven med, der hed Onna, men han vidste nok om kvinder til at sige, at hun ikke var tiltrukket af ham.

Men af mere umiddelbar interesse, i det mindste fra Conans synspunkt, havde den unge elver-skjoldpige i templet været meget smuk, endda klædt i det almindelige hvide af hendes orden.

Det var en skam, at hun som kvinde, der tog sine første skridt på vejen til Paladin, havde modstået hans forsøg på at flirte med hende.

Hun virkede i hvert fald ikke fornærmet, og håbet om, at han en dag skulle ende mellem lagnerne hos hende, var ikke, syntes han, helt fjernt.

Men det er ikke sådan, at der var nogen chance for det her, tænkte han.

Selv dværgkvinder, der ikke var så forsigtige, kom knap i nærheden af hans billede af en ideel sengekammerat.

***

Deres destination, da de ankom, var, måtte han indrømme, helt anderledes end de kedelige bygninger, der omgav det.

Det var langt højere med døre af en passende menneskelig højde.

Udsmykkede modrammer flankerede dens vægge med buede glasmosaikvinduer, der viser billeder af slotte og tårne, ambolte og hamre.

Et våbenskjold var over hovedindgangen, hugget i sten med udsøgt omhu.

Når dværgene ville vise deres dygtighed, kunne de bestemt.

Til dette var der Guild of Freemasons of Tarantia, et erhverv domineret af dværge, dog også med nogle nisser og mennesker.

Her håbede de at finde de svar, de søgte, ved hjælp af nogle af Snaggs kontakter.

Dværgkrigeren, som Conan vidste, var ikke hjemmehørende i byen, da han kom fra bjergene mod syd.

Han var kommet her for at søge sin lykke, og som en del af flok eventyrere havde han generelt fundet den.

Men han havde stadig etableret nogle bånd med lokalbefolkningen, på trods af deres forskellige klaner, tilsyneladende et vigtigt aspekt af dværgekulturen, efter hvad han forstod.

De tre gik op ad trappen og gennem dørene, der førte ind i hallen.

Bygningen var tydeligvis bygget med mennesker i tankerne, men den viste en umiskendelig dværgstemning.

Lobbygulvet var poleret marmor, foret med søjler, der steg til et udsmykket hulelignende loft.

Stenudskæringer forede væggene og viste de forskellige stadier af opførelsen af en stor bygning, og rækværket af trappen til den øverste etage var dækket af skinnende metal.

En dværg iført en slags gråt beklædning nærmede sig gruppen og talte kort med Snagg, inden han forsvandt ind i bygningen.

Trioen ventede høfligt og så på kunsten, som bygherrerne viste, indtil den livrige dværg vendte tilbage med en anden person og genoptog sin stilling ved døren igen.

Den nytilkomne var en anden dværg, åbenbart en ret ung mand, med tykt brunt hår og relativt kort skæg.

Han var klædt i solide jordfarver, med de tunge støvler, som hans race favoriserede, og et par guld- og sølvringe på fingrene.

Han var åbenbart en velstående håndværker, skønt nok for ung til at have sin egen virksomhed endnu.

"Snagg!" sagde han og trykkede formelt på krigens hånd, "det er godt at se dig igen. Du må præsentere mig for dine ledsagere."

"Rimir, disse er mine ledsagere; Lady Yasimina og Conan, en troldmand. Yasimina, Conan, dette er Rimir, en ledende håndværker af Bardalf-klanen."

Krigeren kunne ikke undgå at bemærke formaliteten i fraseringen, selvom den ikke var alt for lang og blomstrende.

Der var en klar protokol her, men vi var i hvert fald ikke kede af det.

"Vi har et forretningsspørgsmål at diskutere, nogle oplysninger, du måske har, som måske kan hjælpe os."

"Selvfølgelig," svarede den yngste dværg, "min far og jeg drev vores egen virksomhed, men den er næsten færdig, og du kan være med. Så kan vi tale om din egen virksomhed." Han smilede, tydeligvis en venlig, fordomsfri fyr om sin karriere, og førte vejen til den dør, han var kommet fra.

På den anden side af døren var der en gang med flere rum omkring, mødelokaler tilsyneladende for håndværkerne og deres klienter til at være stille.

De kom ind i et af rummene, der ligesom resten af bygningen havde stenvægge udskåret med friser i stedet for gobeliner eller træpaneler.

Der var flere stole, nogle egnet til mennesker og andre til dværge, og et langbord med nogle skriftruller.

Et farvet glasvindue med et billede af en bro gav masser af lys ind i rummet.

På den ene side af bordet, ud mod vinduet, var en ældre dværg, med gråt hår, et langt flettet skæg og et tykt sølvarmbånd og et bæltespænde dekoreret med en bonde, der indikerede hans høje status.

Der var en ung dværg ved hans side, og da han holdt op med at se på den anden dværg, gik Conans øjne straks hen til den tredje person i rummet, åbenbart håndværkerens klient.

Hun så ud til at være omkring tredive år gammel og var en menneskelig kvinde iført en lang mørkeblå og grøn kjole.

Han vurderede, at hun var lidt højere end gennemsnittet for mennesker, hvilket fik hende til at tårne sig op over dværgene i rummet.

Hun havde langt sandblondt hår, bundet i en hestehale, der strakte sig til midten af hendes ryg, og et slankt ansigt med røde læber og blå øjne.

Hendes hud så bleg og glat ud, med et par blege fregner spredt ud over hendes kindben.

Hun var bøjet ind over bordet, da de ankom, og samlede nogle af rullerne op, selvom det høje snit i hendes kjole tillod ham ikke at se mere end omridset af hendes bryster og krumningen af hendes hofter.

Han kiggede op, da de kom ind, hans blik virkede ikke andet end simpel nysgerrighed.

"Hilsen," sagde den ældste dværg og stod stiv, "jeg er Othan das Bardalf, murermester og arkitekt. Dette," antydede han til den tilbageværende dværg, "er min datter Astrid, og dette er købmanden Adriana, som vi sammen med har en forretning i hånden."

Snagg præsenterede sine kammerater endnu en gang, og så trådte Yasimina frem og gav kort Othans hånd og bevarede sin egen formelle holdning.

"Vi er eventyrere, murermester, som genvinder tabte skatte fra de skjulte katakomber. Vi søger din hjælp i et spørgsmål om arkitektonisk viden og bøjer os for din ekspertise."

Conan syntes, det hele var lidt af et stræk, men Othan virkede imponeret.

Det viste sig, at de korrekte formaliteter var blevet overholdt.

"Vær venlig at slutte sig til os," sagde han og viste stolene på den modsatte side af bordet.

Ved omtalen af eventyrerne syntes Adrianas øjne at udvide sig lidt, og hun kiggede nysgerrigt på gruppen, hvor hendes øjne først hvilede på Snagg og derefter på krigeren.

Det virkede som om, de skulle blive der lidt længere end nødvendigt, og hun virkede lidt varm.

Måske kunne der trods alt være noget at vinde ved dette besøg, ud over en smule information...

"Der er..." begyndte Adriana og holdt en lille pause, som om hun ikke vidste, hvad hun skulle sige, "bare noget, jeg skal præcisere, men jeg gider ikke. Har du noget imod, hvis jeg bliver et øjeblik?" Han så fra Othan til Yasimina, men det var Conan, der svarede først.

"Slet ikke," sagde han, "det varer ikke længe, før vi er færdige."

Yasimina gav ham et forundret blik, indtil hun pludselig indså, hvad hans grund måtte være.

Hans ansigt forvredet sig lidt, men han sagde ingenting, mens han så på murermesteren.

Da han også gav sit samtykke, fjernede den menneskelige købmand en stol fra bordet og flyttede den til den fjerneste væg, bag dværgene, hvor hun kunne se eventyrerne, men så ikke ud til at være direkte en del af diskussionen.

De satte sig alle sammen, tre af dem på hver side af bordet.

Adriana sad nær vinduet, lidt i skygge, men krigerens øjne fløj hen over dværgenes hoveder.

Heldigvis så Yasimina ud til at have sin fulde opmærksomhed på forretninger, men jeg havde en mistanke om, at de ikke ville godkende nogen flirt i denne sag.

Faktisk var han ikke sikker på, hvordan frieri med dværgene ville fungere, selvom han havde mistanke om, at det ville tage ret lang tid.

"Vi er interesserede i byens tidligere historie og dens gamle arkitektur," begyndte Yasimina, "især de underjordiske ruiner. Vi håbede på at få en form for information om dem her... såsom historiske kuriositeter, eller hvordan for at undgå at bygge over dem, kan det være, at de har nogle oplysninger af denne type?

"Vi har selvfølgelig en vis viden," sagde Othan, "men det er ikke information, vi normalt deler med udenforstående endsige mennesker. Dette er ikke kun en guild-information, til dels, men også en klanting... denne fyr af viden er svær at opnå, og den er ikke let at afgive til vores rivaler."

Conan syntes, han var lidt undvigende.

Havde de nogen idé om truslen, som de underjordiske ruiner udgjorde, eller i det mindste en indikation af, at der kunne være noget dårligt der, noget de ikke ønskede at diskutere med nogen?

Det var i hvert fald muligt, men Yasimina var gruppens forhandler.

Hun og Snagg skulle sammen kunne få det, de havde brug for, fra dværgemurerne.

Hvis nogen kunne gøre det, var det dem.

Og så fandt han sindet på vandring lidt, åbenbart om emnet den menneskelige købmand.

Adriana så bestemt lidt ophedet ud.

I virkeligheden så hun ikke ud til at være meget opmærksom på samtalen, men så i stedet ud til at være meget fokuseret på sine egne tanker.

Hun så tilbage på eventyrerne, og krigeren var ret sikker på, at hun så ophidset ud nu, da hendes øjne ufrivilligt udvidede sig, og hun havde hænderne foldet sammen, som for at undgå at afsløre sin interesse.

For Conan var det dog ret indlysende.

Hendes øjne hvilede på hans et øjeblik, og han så ind i hendes øjne, før han bevidst fejede dem væk for at beundre alt, hvad der kunne ses af hendes krop bag bordet.

Hun var slank, med store, høje bryster og en lang hals.

Det var svært at sige på denne afstand, men han mente, at han så et par dråber sved på hendes pande, under hendes korte hår.

Hendes øjne var store og hendes øjenbryn hævede, og han var sikker på, at hun var lige så stor på ham, som han.

Så kiggede han til siden, mod Snagg, måske for at se, om de to andre havde bemærket hans interesse, men det lod ikke til, for han så hurtigt tilbage mod Conan, hans udtryk nu snu.

Han følte sig sikker på, at hun nu planlagde en måde, hvorpå de kunne være sammen...han skulle bare finde en måde at give hende chancen på, uden at dværgene blev fornærmet over det, der skete lige under næsen på dem.

Mens hun holdt hans blik, skilte hun sine læber og førte tungen rundt om dem og gav ham et tydeligt kom-her-blik.

Nu var han overbevist om, at han ikke havde læst nogen af tegnene forkert, nej, det var han sikker på, han havde ikke, da han havde haft mange chancer for det, og fordi han godt kunne læse kvinder.

Han smilede til hende i håb om, at hun forstod hans accept, og vendte hans opmærksomhed tilbage til samtalen.

Det kunne trods alt være vigtigt.

"Under disse omstændigheder..." sagde Othan, "der er nogle detaljer, vi kunne give dig, men ikke her. I morgen aften, da Rimir og jeg skal et sted hen før. Astrid skulle klare det for dig. Men " Du må forstå, at dette er dværgeinformation, og vi kan kun give det til Snagg. Vi stoler på din dømmekraft, min ven," tilføjede han og vendte sig mod dværgekrigeren, "men du må beslutte, hvordan du deler dette, for hvis det er for dig, vi bryder ikke nogen bånd, men det skal være for dig, og kun dig. Jeg stoler på, at du forstår..."

Inden han nåede at svare, blev Conan overrasket, da Adriana pludselig rejste sig.

"Jeg har indset, at jeg må gå," sagde han, "jeg er meget ked af afbrydelsen, men i hvert fald burde jeg ikke trænge mig yderligere ind. Hvis jeg kunne få et ord med Astrid, før jeg går?"

Othan så lettere irriteret ud, men han gjorde tegn til sin datter, og hun rejste sig og gik til det fjerneste hjørne, hvor hun hviskede med Adriana et stykke tid, uden for krigerens hørevidde.

Han havde ikke været meget opmærksom på dværgkvinden indtil nu, da hun ikke havde talt en eneste gang under samtalen med Yasimina, eller helt sikkert siden han var kommet ind i rummet.

Han så ung ud, selvom han ikke var helt sikker på, hvad det betød for en dværg.

Hun bar en gråblå kjole med en nederdel forneden, der næsten fulgte gulvet.

Hendes tykke sølv- og guldhalskæde og armbåndet om hendes venstre håndled var tydeligvis et produkt af højt kvalificeret dværghåndværk.

Hun var blond, med håret i fletninger og havde den blege hud, der var så typisk for hendes race.

Uanset hendes tykke bygning og ret tykke arme og ben, antog han, at hun kunne betragtes som ret attraktiv, og det syntes dværgmændene måske.

Det gik op for hende, at Snagg skulle være alene i et hus med hende i aften og med hendes familie langt væk.

Hvis det havde været ham, og hvis hun havde været menneske eller elver, var han sikker på, hvordan denne nat ville ende.

Men som tingene var, kunne jeg slet ikke forestille mig, at der skulle ske noget.

Dværge, mistænkte han, gik glip af selv gyldne muligheder som den, og det var sandsynligvis grunden til, at Othan ikke virkede bekymret over udsigten.

Han var mere bekymret over den sag, at Adriana var ved at forlade uden at give ham nogen form for kontakt med hende igen, men så indså han, at alt, hvad han sagde til Astrid, fik dværgen til at rødme, og se på ham. heldigvis kiggede de væk på det tidspunkt, da de var vendt tilbage til at snakke med Snagg.

Sandsynligvis, tænkte han, skulle der heller ikke så meget til for at få en dværg til at rødme, men da han så købmanden række et stykke pergament til Astrid og så på skift på Conan selv, var han allerede sikker på, hvad hun havde fortalt ham.

Selv dværgkvinden, så det ud til, var i stand til at fortolke formålet bag sedlen, da hun så, hvordan hun følte sig flov blot ved at acceptere den.

I deres kultur blev tingene simpelthen ikke gjort på den måde.

Hvorefter Adriana gik, lukkede døren bag sig og vendte tilbage til klanhallen.

Astrid gik tilbage til bordet med sedlen i den ene hånd bag hendes ryg, hvor de andre ikke kunne se den, mens hendes øjne var faldne og virkede endnu mere reserverede end før.

Uanset hvad Snagg havde sagt, var det tilsyneladende blevet godkendt af den ældre dværg, da de gav hinanden hånden, og samtalen var blevet til mere sociale spørgsmål.

Dværgkrigeren kendte åbenbart familien, og nu hvor forretningen var forbi, ville han tale om det.

Uden andet at distrahere ham nu, blev Conan tvunget til at lytte til, hvad der forekom ham frygtelig kedelige fortællinger om dværgklaner og deres affærer, men han antog, at dværgkrigeren havde meget få muligheder for at tale med folk af sin egen art, så det generede ham ikke, at nu hvor han havde en chance for at gøre det, så gjorde han det.

Til sidst rejste alle sig op.

Dværgene virkede nu venligere og mindre formelle end før.

Måske ville de trods alt være nyttige allierede.

Da de gik, trykkede Astrid hastigt pergamentstykket ind i hånden og så sig omkring for at sikre sig, at hun ikke var blevet set.

Efter at han var gået, foldede han sedlen ud og læste den.

Det var adressen på et hus i den menneskelige del af byen, og med morgendagens dato noteret.

***

Snagg ankom til murermesterens hus kort efter solnedgang.

For ham var det meget lettere at gå gennem de ordnede gader i dværgekvarteret end gennem de snoede gyder i resten af Tarantia, hvilket mindede ham lidt om den store underjordiske by i hans hjemland.

Han var ikke blevet overrasket over, at Othan kun havde indvilliget i at overdrage planerne til en med-dværg.

Der var mange ting, der ikke skulle deles med udenforstående.

Men hvis der var en trussel her, ville han være nødt til at håndtere den, uanset omkostningerne.

Jeg vidste, at turen ville gå hurtigt.

Han skulle kun samle de dokumenter, de havde udarbejdet, og derefter gå.

Conan derimod var gået derfra med et roligt smil på læben og ville ikke vende tilbage før daggry.

Al den menneskelige og elverske bekymring for sådanne ting virkede en smule upassende for ham, og det var godt at være blandt de mennesker, der vidste bedre end at tale om sådanne sager.

Astrid ville heldigvis forstå.

Conan havde sikkert allerede den slags beskidte tanker om, hvad der kunne ske i murermesterens hus i aften, men hvis det er tilfældet, kan han næsten ikke tage mere fejl.

Astrid var uden tvivl ret attraktiv, men hun var lidt ung for ham, og alligevel ville der have været en del arrangementer fra hans side, hvis han havde villet bejle til hende.

Dværge, i modsætning til mennesker eller elvere, opførte sig simpelthen ikke sådan, og det var et tegn på tillid, at Othan og Rimir ikke engang havde gidet at bekymre sig om sådanne ting.

Bare fordi to personer af det modsatte køn var i den samme bygning sammen, betyder det ikke nødvendigvis, at de forsøgte at... ja, formere sig.

Huset så typisk ud for de fleste andre i nærheden, men Snaggs øvede øje kunne skelne den højeste kvalitet af sten, som det sømmer sig for en dværg af Othans status og profession.

Den var også lidt større med et skrånende skifertag, et tegn på købmandsfamiliens rigdom.

Han bankede på døren og gjorde sig klar til at meddele sit navn og formål, da Astrid åbnede døren.

Bare det var ikke Astrid; Det var Adriana.

Snagg var forvirret og straks opmærksom.

Skulle han ikke være sammen med Conan nu?

Eller havde han misforstået, hvad krigeren lavede i aften?

Det virkede usandsynligt, at kende ham, men selvfølgelig var der altid mulighed for, at han havde mødt en anden på den anden side.

Adriana var åbenbart en betroet ven af Bardalf-klanen, og især Othan, og havde faktisk endda hørt hans navn før.

Hun var en købmand, der ofte arbejdede med dværge og hjalp med at sælge deres varer til det menneskelige marked, især ud over Tarantia.

Så så vidt han vidste, kunne han stole på hende.

Men hendes tilstedeværelse her var mildest talt mærkelig, og han havde bemærket, at hun havde brugt noget tid på at opmåle eventyrerne, da de ankom.

Conan troede måske, at hun bare kiggede på ham, hendes sind nogle gange på en enkelt tanke, men Snagg havde også fundet sig selv under hendes blik.

Hvad ville hun egentlig?

"Snagg," sagde han, "kom ind. Vi var lige blevet færdige med at spise. Jeg elsker dværg madlavning. Forresten er alle dokumenterne klar til dig nedenunder. Eller det får jeg at vide, tilsyneladende må jeg ikke se dem!"

Det virkede plausibelt, men på en eller anden måde virkede hans ord ikke helt sande.

Hun gemte noget, men hvad?

Han bar kun en dolk, da den ikke nyttede at vandre i byens gader i fuld rustning og våben, men den var en stor, og han var dygtig til at bruge den.

Han lagde i det skjulte sin hånd mod hende, parat til at gribe hende, hvis det var nødvendigt, men ikke desto mindre gik han ind i huset.

De var omgivet af andre dværge, og det her burde være en sikker del af byen... men der skete noget mærkeligt, noget han ikke helt forstod.

Og som kriger var der kun én måde at forberede sig på.

Indenfor var huset indrettet i den typiske dværgstil.

Stueetagen var nedsænket lidt under gadeniveau, et enkelt værelse optog det meste af pladsen, med et køkken bagved og en stenspiraltrappe, der førte op til den øverste etage.

Adriana gik dog straks mod trappen, der førte ned, som om hun forventede, at jeg skulle følge efter ham.

Selvfølgelig havde dværgehuse, selv i menneskelige byer, betydelige kældre, men hvorfor ikke udlevere dokumenterne her?

Og hvor var Astrid?

Han fulgte hende ned ad trappen og bemærkede straks en mærkelig lugt.

Det var krydret, krydret lidt ligesom røgelse, men intet jeg kunne identificere.

Hans hånd var på hans dolk nu, opmærksom på fare.

Det var ikke lugten af orker, eller noget så farligt, faktisk virkede det endda ret behageligt.

Men han var malplaceret her, og det var det, der bekymrede ham.

"Denne vej," sagde købmanden, og han gik ind i et værelse med hånden stadig på dolken.

Det var mørkt, med kun et lille fyrfad til belysning, men hans øjne var naturligt tilpasset det svage lys, og han fandt hurtigt ud af detaljerne.

Det var et soveværelse, i den typiske kælderstil for mange dværge, hvor de kunne sove omgivet af solid sten.

Endnu vigtigere, Astrid var her ikke.

Han vendte sig om, blot for at opdage, at Adriana havde lukket døren, og nu lænede sig mod indersiden og blokerede den eneste udgang.

Med den ene hånd tændte han en gulvlampe på et natbord, og gult lys væltede ud over rummet.

Lugten var stærkere nu, hvilket fik ham til at føle sig mærkelig.

Hendes duft kriblede i hans næse og fik ham til at føle sig varm, næsten svedig, som om han havde spist et krydret måltid.

Dette slørede hans tanker, men det fik ham ikke til at føle sig svag eller syg.

Faktisk følte han sig ret dygtig, energisk.

"Hvad sker der her?" Sagde han gennem sammenbidte tænder og halvt kastede dolken væk.

Hun var ubevæbnet, og der var ingen andre i rummet.

Det ville ikke være en svær kamp, hvis det kom til stykket, og så vidt han vidste, var hun ikke engang en mage.

Det virkede usandsynligt, at han forsøgte at angribe eller fængsle ham, så hvad var egentlig hans plan?

"Der er ikke brug for kniven," sagde Adriana, stadig lænet op ad døren, "du er ikke i nogen fare. Jeg indrømmer, at jeg er lidt uærlig... men det er din ven Conan, der bliver skuffet, ikke dig. Lige nu burde han samle Astrids dokumenter, hvilket, jeg er bange for, ikke ligefrem var det, der fik ham til at tro, at han ville gøre. Jeg ville selv have givet dig dokumenterne, men hun insisterede virkelig på at holde ud. til dem. Selv hvis... Nå, hun giver dem ikke til den, hun sagde, hun ville."

Snagg rynkede panden og forsøgte at ignorere lugten, som han nu indså, måtte komme fra det lille fyrfad.

"Det besvarer ikke mit spørgsmål: hvad laver du? Hvorfor vil du have mig?"

"Åh, ja," sagde hun og rødmede let, medmindre røgelsen også påvirkede hende, "det er spørgsmålet."

Hun slugte lidt, og lagde en hånd bag ryggen.

Snagg stivnede lidt, men han havde set hende følge hende ned ad trappen; Jeg havde ikke noget gemt der, medmindre det var særligt lille.

En nål?Måske, men sandsynligvis ikke meget mere.

"Jeg har arbejdet med dværge i lang tid," sagde han, men kom stadig ikke til sagen: en meget irriterende menneskelig egenskab. "Og jeg har udviklet en virkelig hengivenhed for dit folk. Jeg lyver ikke, når jeg siger, at jeg i øvrigt godt kan lide dværgskøkken. Men der er noget dværgskøkken, jeg knap har haft mulighed for at prøve."

Han legede med noget bag ryggen, men hvad det end var, kunne han ikke se det.

Det mærkelige var, at hun ikke virkede aggressiv.

Måske nervøs, men endnu mere end det, spændt.

Hans tonefald var næsten venligt, ikke truende.

Snagg kunne virkelig slet ikke forstå hans opførsel.

"Dværgmænd er stærke, kraftfulde, med de der muskuløse arme og kroppe," fortsatte han, hans stemme pludselig mærkeligt hæs. Hvad havde det at gøre med...? og så stoppede hendes tanke der, da hun indså, hvad han lavede bag hende.

Hun var ved at løsne snørebåndene bag på sin kjole.

Hun gled den ene arm af ham og derefter den anden og trak den ned over hendes hofter for at mødes ved hendes fødder.

Nedenunder bar hun et langt hvidt skift, næsten uden ærmer, med en dyb halsudskæring.

"Forstår du nu, hvorfor du er her?" spurgte hun, "og selvfølgelig, hvorfor havde jeg brug for bedraget? Uden det kunne jeg aldrig have haft chancen."

Så kunne han have løbet hen mod døren, men han ville have været nødt til at flytte den af vejen.

Og da hun havde tøj på, der ikke længere var helt anstændigt, kunne det give ham det forkerte indtryk at røre ved hende.

Desuden var alt, hvad han skulle gøre, at nægte.

Det var virkelig så simpelt... var det ikke?

"Men... du er et menneske," sagde han forfærdet over hendes frekke tilgang. "Nej... bestemt ikke med... hvis du kender mit folk, skal du vide det! Det er bare det..." stammede han, ude af stand til at tænke på, hvad han ellers skulle sige.

"Finder du mig overhovedet ikke attraktiv?" sagde hun i spøg, sparkede skoene af og rykkede frem fra døren, den slanke slip klamrede sig til hendes kurver og lænede sig så lidt frem for at vise sin spalte frem.

"Vær ikke... jeg mener, du er..." forsøgte han at protestere for at forklare, at hun havde den forkerte form, den forkerte højde, at hendes kæbe var for rund, hendes talje for tynd og hendes lemmer. for langt.

Men forræderisk begyndte han at mærke en røre i hans mave, mens han så på hende.

Kurverne på hendes krop var anderledes, men på en eller anden måde behagelige.

Han havde aldrig før haft det sådan med en menneskelig kvinde, og han kunne ikke forestille sig, hvorfor han havde det sådan nu.

Han svedte, og hans dolk gled ud af hans tøvende hånd og gled tilbage i skeden.

Hvad skete der med ham?

Han havde ikke flyttet sig fra hvor han var, og hun fortsatte med at rykke frem mod ham.

Han kunne løbe rundt om hende nu, men af en eller anden grund følte han, at han ikke kunne bevæge sig.

Det var ikke en bogstavelig lammelse, men hans sind var ophidset, ude af stand til at tænke ordentligt.

Hun indhentede ham og stod blot et par skridt foran ham.

Hans synsniveau var lige over hendes navle, en menneskelig kvindes tynde, aflange mave.

Han holdt blikket rettet fremad, knyttede og løsnede hænderne og forsøgte at komme til en beslutning om, hvordan han skulle agere.

Hun knælede ned, hendes ansigt nu mere eller mindre på niveau med hans, hendes blå øjne brede af følelser, hendes læber lidt adskilte.

Han undgik at se ned på den nedskårne kombination og bandede den følelse i lysken, der fik ham til at ville gøre det.

"Jeg tror ikke, du er helt oprigtig," sagde han, "og det er ikke fordi, jeg var plakatbarnet for ærligheden i dag, indrømmer jeg. Men lad os nu se..."

Hun rækker fremad, rækker ud efter knuden øverst på hans ærmeløse, polstrede lædertunika, løsner den behændigt og skubber den så tilbage over hans arme, indtil den falder ned på stengulvet bag ham.

Han knyttede hænderne igen, ville skubbe hende, men ville ikke på samme tid.

Han vidste, at det ikke var rigtigt, og at han kunne stoppe hende når som helst, men han så ud til at være ude af stand til det.

Hun løftede hans skjorte nu, løftede den over hans bryst, og alligevel gjorde han ikke modstand, selvom han vidste, at han burde have gjort det.

Hun lagde den over hovedet på ham og kastede den, og han trådte ufrivilligt et skridt tilbage, som om den pludselige bevægelse havde renset hans hoved et øjeblik.

Han blinkede, mens en svedperle faldt ned langs siden af hans ansigt.

Lugten af røgelse var... ja, det måtte det jo være, indså han pludselig!

"Et afrodisiakum?" Han knipsede og nikkede mod brændeovnen.

"Ah, ja... ser du, jeg tænkte, at du måske trængte til lidt opmuntring. En lempelse af de berømte dværgehæmninger. Men det kan ikke få dig til at gøre, hvad du ikke vil. Hvis du virkelig føler dig afvist af mig, du vil føle dig varm, og det ville være alt, hvad der ville ske."

Hans øjne rejste hen over hendes krop, nu nøgen fra taljen og op.

"Du er faktisk muskuløs," sagde hun med sin stemme skæv igen, "du ser meget maskulin ud, Snagg."

Hun rakte ud, næsten forsigtigt, og kærtegnede hans bryst og kørte sine fingre gennem hans hår og de faste muskler i hans bryst.

Han mærkede sin rejsning vokse, nu nærmest spændte mod det faste materiale af hendes rem.

Han måtte gøre modstand, han måtte...

Han lukkede øjnene og skubbede billedet af hendes knap påklædte krop ud af hans sind.

Sikkert, hvis han ikke reagerede på hendes berøring, så ville hun gå?

Der lød et susen af stof, men hun strøg ham ikke igen, og han holdt øjnene fast lukkede.

"Vil du ikke kigge?" sagde hun, og trods sig selv kiggede han.

Hun var steget ud af sin slip, knælede foran ham og havde nu intet andet på sig end et par silkeundertøj, der var meget kortere end noget nogen dværgkvinde kunne bære.

Hans talje var tynd, hans krop glat og hårløs, mere timeglasformet end en dværgs.

Hendes bryster hang løst nu, lyserøde brystvorter var helt hævede.

Hans øjne fokuserede på en håndfuld blege fregner på hendes skuldre og kraveben, og tvang derefter hans blik op og væk, mod hendes ansigt.

"Jeg tror, du kan lide mig, gør du ikke? Og det kan ikke bare være parfumen. Sådan fungerer det ikke."

Hun lagde sig om sine bryster, førte hænderne over dem, gned de hævede brystvorter, mens hendes forræderiske øjne iagttog hver bevægelse.

Hans erektion føltes enorm nu, ukontrollabel.

Det her skulle vel snart slutte?

"Jeg er ikke..." begyndte han og forsøgte at forklare, for at få hende til at se det meningsløse i situationen. "Du er et menneske, og jeg er en dværg. Jeg kan bare ikke!"

"Hmm..." sagde hun, "det virker ikke sådan for mig."

Pludselig rakte hun ned og tog fat i hans skridt, kuppede hans hævede erektion gennem det bløde læder og klemte hans baller let, mens hun gjorde det.

Han knurrede ufrivilligt, ude af stand til at hjælpe sig selv.

Hans pik følte, at den ville briste.

"Nej, det troede jeg," sagde hun enkelt.

Ordene var forbi ham nu, han kunne ikke finde på noget at sige.

Der var ingen måde, han kunne benægte, at hans krop reagerede, som den ville med enhver dværgkvinde, uanset hans personlige forlegenhed.

Måske, tænkte han, havde hun løjet om kraften i afrodisiakum-parfumen, måske inspirerede det tanker, som et normalt menneske ellers ikke ville have haft.

Måske virkede det endda anderledes i hans egen race end i mennesker.

Inderst inde vidste han dog, at det ikke var sandt.

Han forblev ubevægelig, stadig stående, stiv, mens hun løsnede hans bælte og lod det falde, med dolken, til jorden.

Hendes fingre rakte ud efter blonderne på hans rem, og til sidst bevægede han sig og tog fat i hendes håndled.

"Nej..." nåede han at sige, nærmest et kvækken.

"Jeg tror ikke, du mener det," sagde han, "og jeg er kommet for langt til at give op nu."

Hun løftede sin venstre hånd langsomt og flyttede den hen, hvor han holdt den anden.

Hun fjernede forsigtigt hans hånd fra stropperne, og denne gang forblev han stille, og hans øjne så hendes hånd, som om han var fascineret, men gjorde intet for at stoppe hende.

Lidt klodset løsnede hun snoren, og hendes højre hånd blev befriet fra hans i forvejen svedige og hurtigt svækkende greb.

Han tog fat i den ene side af hendes trusser og trak dem i én bevægelse ned og trak hendes undertøj ned på knæene.

Hans pik sprang, endelig fri, dukkede op fra den tykke masse af kønsbehåring.

Hun sagde ikke noget i starten, hendes øjne rettet mod prisen.

Han rystede, skyld og skam steg i ham, men ude af stand til at kontrollere det stærke begær, han følte.

Hun rakte ud, og han knurrede gennem sammenbidte tænder, mens han tog sin pik i den ene hånd, gled langs hans baller til spidsen og kørte hendes tommelfinger over hans forhud.

"Den er fuldstændig menneskelig," hviskede hun, "jeg gad vide, hvordan du ville se ud."

Hun slap ham og rejste sig og bragte hans øjne til niveau med bunden af hendes bryst igen.

Denne gang kiggede han op, trods sig selv, og så hendes bryster hæve sig og falde lige over hans hovedhøjde.

Med endnu en hurtig bevægelse fjernede hun det sidste af sit resterende tøj og vendte sig så væk fra ham og gik hen mod sengen.

Hun klatrede op på den, hvilende frem på hænder og knæ, hendes bryster dinglende og balderne løftet i vejret.

Dværgsengen var selvfølgelig for kort til hende, og selv i den stilling var hendes fødder spredt ud over det lave bundbræt.

Hendes numse var vendt mod ham, og hun spredte sine lange ben og afslørede sin lyserøde, hævede vulva.

Hun var næsten hårløs dernede, og han kunne se hendes fugtighed i lyset fra lampelyset.

Hun trak vejret tungt, hendes bryster bevægede sig op og ned, mens hun gjorde det.

"Døren er ikke lukket," sagde han til hende, selvom det aldrig var gået op for ham, at det kunne være det. "Du kan gå nu, og ingen vil nogensinde vide det. Eller du kan opfylde min vildeste drøm. Det," fortsatte han med en antydning af beklagelse, "er dit valg nu."

Han så på døren, og tøjet samlede sig omkring den.

Det ville være så nemt bare at smide sit tøj ind igen og gå væk.

Men i det øjeblik vidste han, at han ikke ville gøre det.

Han gav et kort, ordløst skrig og bøjede sig ned for at tage støvlerne af og tog det sidste tøj med sig.

Nøgen løb han tværs over rummet og sprang op på sengens bagside.

Hvordan vover hun at behandle ham sådan? Nu skulle jeg vise ham!

Han stod på madrassen og kiggede på hendes ryg, på hestehalen delvist hen over hendes krop og så hængende til siden.

Hun vendte hovedet mod ham og så først tilbage på sit eget ansigt, som om hun vurderede hendes følelser, og derefter på hans svulmende pik, der nu rejser sig lige over hendes balder.

"Ja..." sagde hun, ordet sad næsten i halsen på hende.

Han tog fat i hendes talje med begge hænder, mærkede den bløde menneskehud og løftede hende til højde med sine hofter.

Hendes knæ løftede sig for at frigøre sig fra sengen, mens hun gjorde det, og hun benyttede lejligheden til at flytte fødderne på sengen og pressede tæerne mod træpladen for at få støtte.

"Hån ikke en dværgkriger," sagde han bestemt til hende, "ellers vil du mærke hans spyd."

Han kiggede ned på hendes våde fisse, hans dunkende pik knap en tomme væk, og så trak han hende pludselig hen til sig, skød hofterne frem i samme bevægelse og sank dybt inde i hendes fisse.

Hun skreg, et højt skrig af ren nydelse.

Hans egen ophidselse var intens, følelsen af hendes bløde fisse omkring hans pik endnu bedre, end han havde forestillet sig.

Han trak sig ud, stødte så ind i hende igen og igen, tog godt fat i hendes hofter og gravede sine fingre ind i hendes runde balder.

Adriana udstødte sit eget langt stønnen med store øjne af lidenskab, sveden dryppede ned af hendes pande.

Først var hans knurren ordløse, næsten aggressive i deres tenor, men så fandt han sin stemme igen.

"Du... vil føle... hvad... det betyder..." gispede han og stødte sin opsvulmede pik igen og igen ind i hendes stramme varme, "at være sammen med... en dværg... og... et menneske... vil ikke... være i stand til at tilfredsstille dig... sådan her... igen."

Han var ikke engang sikker på, om hun kunne høre ham, da hendes nydelsesstøn nu var meget høje og langvarige.

Han fortsatte med at hamre ind i hende, mens muskuløse arme og balder arbejdede i forening for at spidde hende.

Hendes bryster rystede, hele hendes krop rystede af kraften af hans handling.

Hendes ben rystede, men holdt stadig fast og pressede hårdt mod sengen, mens hans pik stødte ind og ud af hendes våde fisse.

Han følte sig på randen af frigivelse og øgede tempoet i hans pumpning endnu mere, hvilket fremkaldte endnu flere støn af ekstase fra Adrianas åbne mund.

Til sidst udstødte han et gammelt dværgkrigsråb, og med et sidste stød mærkede han, at han kom og sprøjtede sin varme dværgsperm ind i hendes svage menneskeskede.

Hendes fisse krampede og greb ham, mens hun rystede i spasmer af sin egen pludselige orgasme, indtil de til sidst begge faldt sammen i en bunke udmattede, svedende kroppe.

HISTORIEN FORTSÆTTER I :
CONAN BARBAREN
TREDJE DEL

www.ingramcontent.com/pod-product-compliance
Lightning Source LLC
LaVergne TN
LVHW101953220826
846093LV00006B/199

* 9 7 9 8 2 1 5 6 6 9 4 7 1 *